ジュリエットの悲鳴

有栖川有栖

角川文庫　12082

ジュリエットの悲鳴

目次

落とし穴

1

「休日出勤、ご苦労様ですね」

小窓から顔を覗かせて、警備員の小松《こまつ》が愛想よく挨拶してくれた。奥の部屋からラジオの音楽が聞こえている。

「仕事熱心だからじゃありませんよ。要領が悪いがための日曜出勤ですから」

苗川正晴《なえかわまさはる》は苦笑いを作りながらそう応えた。高校時代に演劇部の名優でならした自分の態度に不自然なものはにじんでいないはずだ、と思いながら、エレベーターに向かった。五階のボタンを押すと、一階にきていたケージの扉がすぐに開く。乗り込んだ彼は壁にもたれ、ふぅと軽く溜め息をついた。

(すべて計画どおりにいくさ。俺ならできる)

自分に言い聞かせているうちにチンと音が鳴り、五階に着いた。無人のオフィスはしんと静まり返り、ふだんの騒々しさがまるで嘘のようだ。彼は固い靴音を響かせながら廊下を進み、二つ目の部屋に入った。自分の机がある営業二課。電灯を点け、室内を見渡す。課長が整理整頓を徹底させているので、八つ並んだ机の上には何も置かれておらず、実に整然としていた。彼は灰皿だけがのった自席にゆっくりと向かう。そして、とりあえず腰を下ろすとまず煙草を一服つけた。来月から執務室内での完全禁煙が実施されることになっていたが、まだ喫煙が許されていた。無論、許されていなかったとしても、今日は他に誰もいないのだから気がねをする必要もない。

（大丈夫だ。手が顫えてもいない）

彼は自分が冷静であることを確認し、この後も剛胆であれ、と思う。度胸はある方だが、これから人を殺そうというのだから平常心でいられるわけはない。

煙草を二本灰にしてから、おもむろに腕時計を見た。タグホイヤーのダイバーズウォッチの針は一時五十分を指していた。まるで勝利のVサインのようじゃないか、と思ってみたりする。

「そろそろ、かな」

彼は口に出して言った。二時になれば競馬中継が始まる。そうすれば、小松はラジオにかじりついて、間違っても館内を巡回することなどないのだ。苗川がこっそりとこのビルを抜け出しても気がつくはずがない。後日、刑事から問い質《ただ》されたなら「苗川さんなら一時半頃に出社してきて、夕方までずっと五階でお仕事をしていましたよ。いえ、仕事をしているところを見たわけではありませんが、館外に出なかったのは確かです。開いていたのは警備室の前の扉だけですから、出入りをすれば私は必ず気がついたはずです」と言明してくれるに違いない。苗川はそう計算しているのだ。

日曜出勤し、夕方まで建物から出なかった、オフィス以外のどこにも自分はいなかった。

何としても、そのアリバイを成立させなくてはならない。その偽アリバイに守られている限りは、もしたとえ刑事に犯行の動機を嗅《か》ぎつけられようとも、法廷に引っぱり出されることはないのだから。

しかし、苗川には、警備員の目を掻いくぐって外に出、ことをすませてから、またこっそりとこの椅子に戻る方策があった。それは、小松にも、刑事にも思いもよらないであろう方法だ。

（犯行の動機にしたところで……）

鬼頭順樹《きとうじゅんき》が殺害されたとなれば、彼と苗川が不仲であったと証言する者は何人か出てくるだろう。その覚悟はしている。しかし、そりが合わないというだけのことで同僚を殺すなどということは現実味が乏しく、それだけなら警察に多少色眼鏡で見られるぐらいではないか。最近、両者の間で何か特別大きな衝突でもあったのか、と刑事が問えば、周囲の誰もが否定するだろう。——そう、当人同士を除けば、決定的な亀裂について知る者はいないのだ。

（あんなドジさえ踏まなければ……）

苗川は無意識のうちに三本目の煙草に火を点けながら、二十日前の失策を思い起こした。苦い唾液《だえき》が口いっぱいに広がっていく。

十月の初めのあの日。気温が急に下がったせいで、苗川は風邪をひきかけていた。朝から軽い頭痛が続いており、矢沢《やざわ》美雪《みゆき》と飲みに行く約束をしていることさえ億劫《おっくう》に思えるほどだった。

定時の午後五時半。酒を飲む気にはなれなかったが、食事だけでも美雪と一緒にしようと考え、チャイムとともに退社した。「お先に失礼します」と挨拶をすると、課長は「顔色がよくないな。風邪気味なら夜遊びするなよ」と真顔で言った。部下を子供扱いしたような忠告に従ったわけではないが、その日の美雪とのデートは早々に切り上げた。彼女が開拓した洒落《しゃれ》た店に飲みに行くのもホテルも次回のお楽しみ、ということで。

「ほんと、具合悪そう。送ってあげようか。そうしたら正晴さんちまでドライブできるもん。走りがいがあるわ」

美雪は彼を三十分ほどレストランで待たせると、千石《せんごく》の自宅にタクシーで一旦帰って、愛車のシグマに乗って戻ってきた。思ってもみなかったことだが、小田原《おだわら》まで車で送ってくれるというのはありがたかった。美雪は買って間もないシグマを乗り回したくてうずうずしているのだし、気を遣《つか》う必要もない。

その日はそれでよかった。しかし――

風邪のせいでかなり注意力が落ちていたのだろう。彼は、間違えて鬼頭の上着を着て帰ってしまったことに、翌朝、駅の改札口の手前にくるまで気がついていなかった。

（あのドジさえなかったら……）

2

御茶《おちゃ》ノ水《みず》駅から会社へ向かう道、日大病院を過ぎたあたりで背中から声をかけられた。振り向くと、鬼頭が人を小馬鹿にしたようないつもの笑みを浮かべて小走りにやってくる。朝一番から爬虫類《はちゅうるい》みたいなこの面《つら》か、と思ったが、ちょうどいい、とも思った。鬼頭が身に着けた上着は、まぎれもなく苗川のものだった。

「昨日は申し訳なかった。君の上着を奪って帰っちまった」

馬が合わない同期の男は、鷹揚《おうよう》に微笑しながら「なぁに」と応えた。

「こうして比べてみても確かに似た色だよ。だいたい、あれだけずらーっと上着が並んでハンガーに掛かってりゃ、つい間違うこともあるさ。一人一人にロッカーがあてがわれてるわけじゃないからな」

何やらひどくくどいものの言い方だった。苗川はおかしな奴だ、と思いつつ、気の重い謝罪をさっさと片づけてしまうことにした。

「俺は間抜けだよ。今朝、駅で定期券を取り出して初めて気がついたんだ。昨日はちょっと他に寄ってから人の車で帰宅したんで判らなかったんだな。悪いことしたよ。上着をひと晩借りただけじゃなくて、定期まで取り上げちまったんだから」

内ポケットから定期入れを出そうとするのを相手は止めた。

「いいよ、そのままで。今日、帰る時に間違えなければ元に戻るんだから。――それより、苗川さんの方が大変だったんじゃない？　何せわがキャスラ化成きっての長距離通勤なんだから、今朝の切符代が大きかっただろ？」

その言葉を聞いた瞬間――そして鬼頭の薄い笑みを目にした瞬間――苗川は自分の足許《あしもと》でぽっくりと陥穽《かんせい》が口を開いたのを感じた。とんでもない失敗をやらかしてしまったのではないか……？

そんな彼の動揺を敏感に察知したらしく、鬼頭は直截《ちょくせつ》に言ってきた。

「面白い定期券持ってるね、苗川さん」

ねっとりとした口調で言われて、返す言葉がすぐに出てこなかった。熟睡と昨夜飲んだ薬のおかげで消えていた頭痛が甦り、じんじんと前頭部が痛む。

「いつからこんなのを使ってるんだい？　ちょっとやばいと思うんだけどな」

そう言いながら、鬼頭は内ポケットから苗川の定期入れをゆっくりと取り出し、『小田原―鴨宮《かものみや》』の文字を苗川に向けた。そんなことは持ち主は先刻承知だ。その下にもう一枚、『御茶ノ水―秋葉原《あきはばら》』という定期券が入っていることも――

いつの間にか二人は立ち止まっていた。出社を急ぐ人の流れの障害になっていることに気づき、同時に歩き始める。

「何だかでかい秘密を握っちゃったなぁ」

その時はそれで終わりだった。じきに会社に着いたせいなのか、本題にはあらためて入るつもりだったのか、鬼頭は「ま、これは内緒だな」と笑いながら言って話を打ち切った。隣りの部屋にさっさと向かうその背中を見ながら、ばれたと焦ることはなかったのか、と思いつつも、苗川は終日仕事に集中することが困難だった。

七時まで残業してオフィスを出ると、廊下の隅にある自動販売機の前に鬼頭が立っていた。苗川の姿を認めると、飲み残しをぐっと呷り、紙コップを屑籠《くずかご》に投げ捨てて「やぁ」と近寄ってくる。待ち伏せをしていた様子だった。

「あがり？　俺も帰るところなんだ」そして、声を低める。「ちょっとだけ付き合ってくれないか？」

退社後の自由な時間を彼に食われるなど願い下げにしたかったが、断わるのにも勇気がいりそうだった。

「ああ、いいよ」

鬼頭は、聖橋《ひじりばし》を越えて少し歩いたところにある居酒屋に苗川を連れていった。橋のこちら側なら会社の連中もあまりこないから、などと言いながら案内するので、嫌な予感がぷんぷんしていた。内緒話を持ち掛けられるとしたら、例の定期券のことしかあるまい、と覚悟した。——案の定、予想は的中した。

「俺、気まぐれに計算してみたんだよ。苗川さんが使ってる定期のことがばれたらどれだけ罰金を取られるかをね」

なめるようにビールを飲みながら鬼頭は言う。カウンター端の壁際だったし、店内はがやがやとうるさかったので、他人の耳を気にする必要は全くなかった。しかも、鬼頭はわざとらしいほど声を落として、囁くような声でしゃべる。

「苗川さんがいつからアレを使ってるのか判らないけど、入社以来だとしたらもう七年半になる。七年半アレを使ってたとまず仮定したよ。それで、これは駅に電話で聞いて調べたんだけど、小田原から御茶ノ水っていうのは正規の料金だといくらかというと、一ヵ月に三八、八六〇円するんだってね。やっぱり高いわ。七年半だとこれ掛ける九十だから」

鬼頭は手帳を開いて数字を読み上げる。

「三、四九七、四〇〇円。大した額になる。――ところで、苗川さんの魔法の定期券だといくらに軽減されるかというと、まず一ヵ月あたりのお会計が『小田原―鴨宮』間が五、二五〇円、『御茶ノ水―秋葉原』間が四、三三〇円。これを七年半買い続けたら、両方足して八六二、二〇〇円になる。――そして、さっき言った正規の料金と魔法の定期券との差額はというと、二、六三五、二〇〇円。これが魔法で浮いたお金ということだね」

わざわざ自分でも計算したことがなかった純利益を他人様から教わることになろうとは思ってもいなかった。それも、よりによって鬼頭などに――

「もうけじゃなくて、ばれた時の罰金の話をしてるんだった。こういう魔法の定期券――俗に言うキセル定期――のような不正乗車が発覚した場合は、不法に浮かせた金額と、その二倍の罰金を鉄道会社から請求されることになる、というのはよく知られてるよね。ということは、利益の二、六三五、二〇〇円掛ける三。トータル七、九〇五、六〇〇円。君のしていたことがばれたら、これだけの金を払え、とJRはがなり立てるだろう」

「ばれたら、の話だな」

努めて平静を装ったが、自分の声のトーンがいつもとまるで違っていることに苗川は苛立った。

「それに――」苗川は厚揚げ豆腐に箸《はし》を伸ばして「あんな悪戯を始めたのは今年の春からだ。君の試算にあったような目玉が飛び出る金額にはならないし」

嘘だった。鬼頭の仮定は、真実という的をズバリ射ていた。

同期の男は心配げな表情を作る。滑稽《こっけい》だ。爬虫類の心配顔。漫画だ。

「おい、君は悪戯って言っても、JRには通じないぜ。空き巣や強盗をやったって実感はないだろうけど、ま、犯罪だからな。今年の春から計算すりゃ、額は小さくなるだろう。でも、それ、本当なんだろうな？　相手は過去に遡《さかのぼ》って調べるから嘘は通じない」

手許のビール瓶を振り上げて頭を思い切り殴ってやろうかと思った。さすがにそれは自制した苗川は、このまま平気な顔をしているべきか、少しは不快感をあらわにするべきか、迷っていた。すると、鬼頭はそれさえ見透《す》かしたように言うのだった。

「おっと、こんなことを話したことに深い意味はないよ。俺だって、理由もなく同僚を売るつもりはないからな」

最も信用できない人間から安心しろと言われても、不安は強まりこそすれ、去らない。

苗川の硬い表情を横目で見ながら、鬼頭は景気のいい声で追加の注文をした。そして、キセル通勤の話題を打ち切り、大阪支社から帰ってくると噂されている敏腕部長の風評について楽しそうにしゃべりだすのだった。

(あんなドジさえ踏まなければ……)

3

その夜、苗川はどうにもやりきれないほどの不快感と不安でなかなか寝つけなかった。お前の半端じゃないキセル通勤について知っているぞ、と心理的圧迫をかけたいがためにわざわざ居酒屋に誘ったのは明白だ。弱みを握られた彼としては、今後鬼頭に対して、公私とも何かと遠慮をしなくてはならなくなるかもしれない。それだけでも苦痛だが、しかし、それしきのことですめば幸いとしなくてはならないのかもしれない。キセル通勤は鬼頭が言ったとおり確かに犯罪だ。発覚した場合に追徴される金額の大きさもさることながら——人生が折れ曲がるほどの大金だ——、社会人にあるまじき破廉恥《はれんち》な事件としてテレビや新聞に報じられるだろう、と思うと慄然《りつぜん》とする。会社に隠すことが不可能なのはもちろん、匿名《とくめい》の報道であろうと、『お茶の水に勤める小田原市の二十九歳の会社員』で周囲の人々にも判ってしまうだろう。この不名誉は耐え難い。万歩譲って知人や近所の人たちの軽蔑の視線をがまんしたとしても……

（美雪はどうだろう？）

裁判所勤めの父親を持つ潔癖な恋人からも冷たい目で見られるのではないか？　ただでさえ父親の反対にあって視界の悪い交際なのだ。最悪の事態も考えられる。そうなれば、本気で惚《ほ》れている女も、彼女がやがて相続するであろう千石の家も――これだけでもよだれが出る――、彼の指の間からするりと逃げていってしまうのだ。

こうなったのが自業自得だ、とは寸毫《すんごう》も感じなかった。

とにかく、できるだけ早く定期券を買い直さなくては、と思った。そうすればキセル通勤など言い掛かりだ、と抗弁できるのではないか？――いや、駄目だ。鬼頭がJRに垂れ込み、定期券購入申込書をチェックされたらおしまいだ。

眠れない長い夜だった。

（ドジ……）

翌日以降、鬼頭は出勤途上や昼休みにさりげなく苗川にすり寄ってきては、社内の情報交換と称する世間話に付き合わせた。飲みにも誘われた。周りの同僚の目には、二人の関係が良好な方に動いていると映っていたかもしれない。飲み代はいつも苗川がもった。

「すまないね」と笑う相手を見ながら、こいつの目的はこんなささやかなタカリだったのだろうか、と苗川は拍子抜けしかけていた。

「矢沢美雪さんをよく知ってるんだろ？」

馴染みの店になりかけた居酒屋の片隅で、あの夜鬼頭は言った。苗川が彼女と付き合っていることを知る者は社内にいないと思っていたので、ドキリとする。元は同じ職場にいた美雪と交際を始めたのは、母親の看護のために彼女が退社した後のことだったから。

「俺はあんまり口をきいたこともなかったけど、君は彼女とキャンペーンの実行部隊だったろ？」

そう。苗川は半年前まで美雪とコンビを組んで働いていた。だから鬼頭は「よく知っている」という言葉を使ったらしい。

「彼女に会いたいんだけど、君が何からまいセッティングをしてくれないかな。俺は連絡をとる方法も知らないんだ」

「半年も前に辞めた子に何の用だ？」

「好みのタイプなんだよ、ばっちり」

やれやれ、鬱陶しいことを言い出しやがった、と苦笑した。だが、鬼頭は本気だったのだ。
（ドジ）

事態は最悪へ向かった。美雪が苗川の恋人であることを、鬼頭に悟られてしまったのだ。彼女を紹介することをしぶる態度から嗅《か》ぎつけたのだろう。

「知らなかった、そこまで親密だったとはね」

鬼頭もばつが悪かったらしい。だが、あっさりと諦《あきら》めようともしなかった。一度、三人で食事がしたいなどと提案し、有無を言わせず承知させられた。先週の水曜日のことだ。美雪は「鬼頭さんとあなたって、仲悪かったんじゃないの？」とだけ言ったものの、不審がるふうでもなかったし、和やかな歓談のうちにその夜は過ぎた。

以降、鬼頭の様子が変化した。にやにや笑いを浮かべる代わりに、陰気な思いつめた表情を見せるようになったのだ。そして、木曜日にまた彼を居酒屋に誘った鬼頭は、痛飲の後で呟いた。

「苗川。お前、このままじゃ虫がよすぎるぜ。俺、いつまで勘弁できるか判らねぇな」

冗談めかしたところは皆無だった。苗川の顔から血の気が引く。

「何だよ。脅迫したいのか？」

相手は鼻で嗤う。

「馬鹿か。そんなことすりゃ、俺も犯罪者だ。しないよ。勘弁できなくなったら、ＪＲへ投書するだけのことよ」

「まぁまぁ、尖《とが》るなって」

鬼頭はむくれたままだった。

金曜日は出勤するのが怖かった。いじめっ子の今朝のご機嫌はどうだろう、と窺っていた子供の頃と同じだ。昼休みに顔を合わせた鬼頭は、にこりともせず、苗川との間に透明な壁を築いていた。退社時に捕まえてようやく声をかけると、鬼頭はゆっくりと振り返って苗川を上目遣いに見た。胸くそが悪くなるような、敵意に満ちた目だった。

「しばらくやきもきしてなよ。ま、俺が機嫌をそこねることがありませんように、と祈ってるんだな」

捨て台詞のように残して鬼頭は足早に去っていった。その瞬間、苗川は体全体が熱くなるような憎しみを感じた。手近に適当なものがあれば、廊下の角を曲がろうとする後ろ姿めがけて投げつけていたかもしれない。

親譲りの小田原のぼろ家に帰りついてからも、込み上げてくる怒りは治まらなかった。気持ちを鎮めようとウィスキーの新しいボトルを開け、留守番電話にメッセージが入っていたので水割りを作りながら聞いた。一つはご無沙汰している高校時代のサークル仲間からで、「また電話する」と言って切れた。もう一つは美雪からのものだった。「まだ帰ってなかったわね。残念。これから出発するから今度電話するのは月曜になりまーす。来週は遠くへ私の車で連れてってあげるね」。美雪は母親を乗せて甲府《こうふ》の親戚まで行くことになっていた。出る直前にこっそりかけてきたのだろう。甘えた声が耳をくすぐる。が、それを聞いた苗川の気持ちは和らがず、さらに激しい感情のうねりに襲われた。鬼頭のご機嫌次第で、この甘い声を聞けなくなるかもしれない、と思うだけで、憎しみが津波のように押し寄せてきたのだ。

（あの人間爬虫類《はちゆうるい》……）

自分の体に貼りついているただの爬虫類なら、ああ、嫌だなですませることもできただろう。だが、それが毒蛇だとなると話は別だ。

こいつは悪酔いするぞ、と思いながらグラスを傾けているうちに、彼の頭にあるアイディアが浮かんだ。それはまるで、理性が極度に低下した頃合いを見計らって、悪魔が留守番電話にメッセージを吹き込んだような具合だった。

「こりゃ、アリバイ工作になるな。完全犯罪じゃねぇか」

思わず独白する。そして、アイディアにすぎなかったものは、徐々に輪郭を明確にしていった。

4

二時をとうに過ぎた。途中から吸うことさえ忘れていた三本目の煙草はフィルターしか残っていなかった。

もう愚図愚図はしていられない。

苗川はこの二十日間の苦い反芻《はんすう》をやめ、立ち上がった。廊下に出た彼は、突き当たりのトイレに向かう。いよいよ決行か、と思うと、さすがに武者顫いがしたが、心のどこを探っても、中止の二文字は見当たらなかった。

彼の発案した偽アリバイとは、いたって単純なものだった。日曜出勤して午後はずっと社内にいた、と思わせておいて、実際にはある盲点を利用してビルを出入りし、犯行を行なうのだ。盲点とは、五階のトイレの窓だ。オフィス内の窓は嵌め殺しだが、この窓は手前に引けば大人が出入りできるだけ大きく開く。ここだけ蝶番《ちょうつがい》が壊れているためだった。そして、開いた窓の二メートル弱ほど向こうには、隣接する六階建てのオフィスビルの窓があった。思い切ってジャンプすれば飛び移ることが可能だ。そして、反対側からこちらに戻ることも。普通ならそんな危険なことをしようとは思いつかないだろう。映画のスタントマンででもなければできないさ、と考える。――が、苗川にとっては朝飯前のことなのだ。

人に吹聴《ふいちょう》したことがないので誰も知らないだろうが、彼は高いところに対する恐怖心というものがまるでなかった。実行したことはないが、煙突のてっぺんに昇って片脚で立つくらいは何でもない。そのことだけで、ビルからビルへのジャンプの成功は、ほとんど保証されていると言ってもいいだろう。加えて、彼は跳躍に自信があった。窓枠から窓枠へという足場の悪さを考慮しても、二メートル足らずなど百発百中、失敗することなく飛べる。そのくせ、ただ走る速さを競ったり、球技をしたりするのは苦手なので、社内運動会で運動神経が鈍いとレッテルを貼られていることも、この際は非常に好都合だった。隣りのビルが近いからといって、まさか彼がその間の空間を飛んだと疑う者などいるわけがない。警察がそんな疑惑を口にしようものなら、「あいつにはとてもとても。登山家の装備を使ってもできませんよ」と一笑に付してくれるはずだ。

日曜のこの周辺は人や車の通行もほとんどなく、飛び移る瞬間を目撃される心配は限りなくゼロに近い。その点でも、彼はこの偽アリバイ作りが成功することを確信していた。唯一の危惧は警備員の小松が思いがけず五階に上がってきて彼の不在に気づくことだが、その場合も「腹を壊してトイレに行っていた」だの「気分が悪くなって応接室のソファで休んでいた」だの、状況に応じて言い逃れの方便はいくらでも考えられる。そもそも、この時間帯に小松が競馬中継から気をそらすというのは、火事か大地震でも起きなければありそうにない。火事と大地震が起きなければいい、などというのは、負けるはずのない賭《か》けだった。

(これは絶対に盲点だ)

彼の確信は決行を前にしても、微塵も揺るがなかった。

トイレの窓を開いた。隣りのビルの窓は、彼を迎えるようにすでに開き切っている。もちろん偶然ではなく、彼が出社する前に立ち寄って開いておいたのだ。幸い、隣りのビルには出入りする人間に目を光らせる警備員などいなかったし、休日も開いている心理療法の医院が二階にあったため、誰が出入りしようと不審がられることはなかったのだ。ちなみに、彼が飛び移ろうとしている窓もトイレの窓である。二階以外は無人のそのビルの五階トイレに人が入っているわけもなかったが、念のために彼は安心できるまでしばらく様子を窺った。

（すべて問題なし）

彼は窓枠に左足を掛けて、大きく深呼吸をした。日曜出勤なので、服装はいたってラフなものを着ている。ポロシャツもコットンパンツも充分ゆとりがあるもので、跳躍の妨げになることはない。彼は準備運動に肩を回し、アキレス腱《けん》を伸ばしてから数回屈伸をした。

わざわざ下を見下ろし、二つのビルの敷地を分かつコンクリートの形式的な塀や、その手前の植え込みなどを眺めたが、あそこへ落ちたらどうなるだろう、という不安はさらさら起きなかった。ベッドから降りようとして、足を挫《くじ》いたらどうしよう、と怖がる者がいないのと同じ理屈だ。

彼はもう一度大きく息を吸うと、窓枠を力いっぱい蹴《け》った。

体が空中に躍《おど》る。

次の瞬間、彼の右足はしっかりと目的の窓枠を踏んでいた。と同時にそれを蹴り、上体を前に倒してビルの中に体を突っ込む。着地の際に転倒することもなければ、左足の爪先《つまさき》が窓枠をかすることさえなかった。彼は思いどおりのダイビングを成功させたのだ。

まずはひと安心だが、まだいくつもある関門の一つを突破しただけにすぎない。彼は呼吸を整え、何くわぬ顔で階段を降りていった。

目指す鬼頭順樹のマンションは笹塚《ささづか》の駅からほど遠からぬところにある。甲州街道に面したその所在地については、本人に尋ねたし、地図で調べもしたので迷うことはないはずだ。そして今日のこの時間、鬼頭が在宅していることは間違いがなかった。昨日の夜、彼に電話をかけて「美雪が君も誘って横浜で食事をしようと言ってる。日曜の午後三時までに彼女の車で迎えに行くけど、どうだ?」と餌《えさ》を撒《ま》いてあるからだ。うまく誘いに乗ってくるだろうか、と心配したが、美雪の顔見たさのためか、鬼頭は承知した。

苗川は早足でJR御茶ノ水駅に向かい、中央線で新宿へ出てから、雑踏を掻き分けて京王線に乗り換えた。三駅で笹塚。そこから鬼頭のマンションまでは五分とかからなかった。会社を抜け出してからまだ四十五分ほどしかたっていない。

(小田原から二時間半かけて通ってる俺とえらい違いだ)と毒づきたくなる。

マンションに入る際、防犯用のビデオカメラなどが設置されていないかと注意したが、どこにもなかった。住人に会わないようにするため、慎重を期してエレベーターの使用は避けることにする。

階段を上がっていった四階の正面が鬼頭の部屋だった。チャイムを鳴らすと、インターフォンからの呼び掛けもないままドアが開き、鬼頭が顔を出した。

「矢沢君は?」と訊《き》く。

「エレベーターの前まできたところで『買っておくものを忘れた。すぐ行くから十分ほど待ってて』と言われたんだ。すぐくるさ」

「じゃ、上がって待てよ」

鬼頭は顎《あご》をしゃくって苗川を招き入れる。室内に踏み込んでドアが閉まるなり、彼は躊《ちゅう》躇《ちょ》することなく計画を行動に移した。ズボンのポケットに持っていた荷造り用の細紐《ほそひも》を取り出し、無防備に背中を向けた鬼頭に寄ると、その長い頸部《けいぶ》に巻きつけた。

「何を……」

鬼頭がそれ以上意味のある言葉を発する暇はなかった。苗川は渾身《こんしん》の力を込めて絞め上げる。絞めて、絞めて、絞めて、さらに絞める。相手は両手を振り回し、懸命に抵抗を試みたが、苗川を止めることはできなかった。——ことがすむまで要した時間は、二分ほどだったろうか。

頭上にどんより停滞していた厚い雲がこれで晴れた。それは喜ばしいことだったが、まだ勝負が終わったわけではなかった。

蘇生《そせい》することのないよう、彼は紐を死体の喉元《のど》で固く結んだ。出所をたどられる恐れがない凶器だ。現場の何にも触れていないので、拭き取る指紋もない。強盗のしわざに偽装するなりすればベターなのかもしれないが、下手な小細工をしていて証拠を遺しては馬鹿をみるし、一刻も早くオフィスに戻りたかったので、何もいじらないことに決めていた。あとは立ち去るだけだ。

入る時同様、鬼頭の部屋を出るところも誰にも見られることはなかった。駅への道でも、無色透明でいられたはずだ。再び新宿駅の雑踏にまぎれながら、ここまでくれば計画は九分どおりの成功だ、と思った。

そんなふうに気をゆるめかけた時、彼は前方からこちらに向かってくる男を見てはっとした。知った顔だ。落ち着きなく、右左をきょろきょろしながら歩いてくるあの男は、そう……

(大堀《おおほり》じゃないか!)

金曜の夜、「また電話する」と留守電にメッセージを残した高校時代の級友だ。土曜日に電話をかけ直してこなかったので、それっきり忘れていた。

(まずい)

電話をかけてきたということは、何か用があったのだろう。顔を合わせたら必ず話しかけられる。自分はこの時間、オフィスから一歩も出なかったはずなのだ。新宿で知人に見られるわけにはいかない。断じて駄目だ。

彼はくるりと方向を転じ、キヨスクに向かう。そして、週刊誌を選ぶふりをして大堀をやり過ごそうとした。まさか気がついていて声をかけられるのではないか、と緊張したが、古い友人は何ごともなく背後を通り過ぎていった。

「おい」

傍《かたわ》らで声がした。新聞を選んでいたスーツ姿の中年男が、連れらしい若い男に呼びかけたのだ。

「はい」

若い男が頷《うなず》く。二人は「失礼」と苗川を押しのけ、大堀が去った方へ足早に向かった。まるで大堀を追うかのようなタイミングなのが気になったが、そんなことにかまっている場合ではなかった。時間を無駄にした。早く帰らなくては。彼は目立たないように留意しながら人ごみを急いだ。

ひやりとしたが、それ以降は予定外のことは起きず、隣りのビルの五階へも誰の目にも触れずもぐり込むことができた。帰るべき自社の五階トイレの窓も、出た時と同じように開いたまま。それこそ、彼の留守中に何ごとも起きなかった証拠だった。

彼は再び飛んだ。最後の跳躍にも何のしくじりもない。トイレの床で片膝を打って顔をしかめたが、痣《あざ》もできないような打ち方だった。

自分の席に戻っても、異状はない。時計を見ると四時二十分。彼は確認のため、警備室に内線電話を入れてみた。

「小松さん、今日はいかがでした？」

警備員はせわしない口調で応える。

「あ、すみません、用事がないんでしたら後で。まだレース中なんです。今、走ってるとこなんです」

「おっと、それは失礼しました」

抜け出している間に何か起きた、ということはなさそうだ。すべてことは完璧に運んだのだ。

もう、あの爬虫類の顔を見ることも、声を聞くこともない。美雪と、彼女を通じて手にできる千石の家土地を失うこともない。

「ドジは踏まなかったな」

苗川は机に両足を投げ出してのせ、煙草をくわえた。ふだんは絶対にできないそんなポーズをとって、解放感と達成感が全身に満ちてくるのを味わう。その時くゆらせたのは、生涯で最高にうまい煙草だった。

5

五時過ぎまで仕事の真似ごとをして時間をつぶしてから会社を出た。小松は「今日はさっぱりでした」と渋い顔をしていたが「お疲れさまでした」と快活に言ってくれた。

確かに疲れた。早く家で横になりたかったので、小田原までまっすぐ帰ることにした。改札口で定期券を取り出しながら、もうあんなことはするまい、と誓う。あんなこと――それは人殺しではなく、キセル乗車のことだった。

小田原の駅前で食事をすませようか、と思ったが、それも億劫だった。とにかく自分の家で落ち着きたいと思い直し、とうに食べ飽きている持ち帰り弁当を買ってバスに乗った。

弁当を平らげ、缶ビールを片手にテレビを観ていると、電話が鳴った。

(誰からだ?)

まさかもう鬼頭の死体が発見されたということはあるまい。発見されたとしても、自分のところに電話で緊急連絡が入る理由がない。美雪からかもしれない、と思いながら受話器を取った。

「もしもし、苗川？　お久しぶり。俺、俺。大堀だよ」

「ああ……」

そう言ったきり、すぐに言葉が続かなかった。二日前の留守電メッセージのことがあるので、彼から電話がかかってきても驚くことはない。ついさっき新宿駅で彼をかわした危うい場面を思い出して、ついどぎまぎしてしまったのだ。

「金曜日も電話くれてたっけな。――元気にしてる？」

友人の声は明るかった。

「ああ。金も女もないけど、元気で好きなことしてるよ。電話したのは五、六年ぶりかなぁ。ちょっとニュースがあってさ」

「結婚するってか？」

「馬鹿。金も女も持ち合わせてないって言ったろうが。違うよ。実は――あ、その前に、さっきお前と会ったよな？」

受話器を取り落としそうになった。間一髪で顔をそむけたつもりだったが、見られていたらしい。が、ここはあくまでも白を切るしかなかった。

「会った？　どこでだよ？」

「新宿。小田急と京王の間あたりをぶらぶらしてたじゃないか。俺と目が合いかけたらすっとキヨスクの方を向いちゃってさ。今日の四時前ぐらいかな」

白を切れ。それしかない。

「えぇー、人違いだろう。俺、今日は日曜出勤して会社にいたから、新宿なんて行ってないもんな」

「本当かよ？　いやぁ、そっくりだったぜ。本当に新宿に行ってないんだな？」

「ああ。俺の勤め先はお茶の水だから、新宿は通過もしない」

「そうか。なら人違いだな。いやぁ、よく似てたけどなぁ」

大堀はまだ納得がいかないようだったが、苗川本人が断固違うと言い張るので、確信が薄らぎだしたようだった。それでいい。

「よく似てたって言うけど、俺とお前は大学時代からだから、もう八年ほど会ってないんだぜ。見違えたんだよ」

「かもな」

やれやれ、どうにか説得できたらしい。

「で、ニュースって何だ？」

「おぅ、それそれ。俺、大学入ってからも芝居続けてたろ？　中退してからもやってたんだよ」

「知ってる。まさか、まだやってるのか？」

「まさかはないだろ。やってんだよ。舞台じゃないんだけどな。芸能プロダクションに所属して、通行人に毛の生えたようなのでテレビに出たりしてるから、お前の目に留まるチャンスもなくはなかったはずなんだ」

「へぇ」と気のない返事をする。「俺はテレビドラマって好きじゃないから、ほとんど見ないんだ」

「自分の会社がスポンサーをやってる番組もか？」

「見る義理はないだろ」

電話の向こうで芝居めいた溜め息が聞こえた。

「なら、来々週の『東京刑事物語』は見てくれ。俺、初めてましな役で出演してるんだ。麻薬シンジケートの下っ端の役だけどさ」

もしかして——

「今日、新宿でそれを撮ってたんだ。さっき話したお前のそっくりさんっていうのを見たのは、その撮影中だったんだよ。そうでなかったら、おい苗川、って肩を叩いてただろうな」

「そうだったのか……」

声をかけられなかったのは幸運だったわけだ。

「でさ、そのそっくりさんがキヨスクを向いてたって言ったろ？　そいつの隣りに立ってたのがちょうど刑事役の俳優だったんだよ」

「え？」

「俺を尾行するため駅に張り込んでたって設定なんだ。よりによってその隣りに立ったもんだから、そっくりさんはばっちりカメラに納まったろうな」

そんな——

「まぁ、その番組を観てみろよ。本人が観ても、よく似てるなぁってきっと感心するぜ。お前の会社がスポンサーなんだから、同僚なんかもよく観てるんじゃないの？　あくる日の話題になるって」

まただ。

また落とし穴がぱっくり口を開いた。

「え？　もう何だって？」

大堀が訊き返す。

もうしない、キセルも人殺しももうしないよ、と苗川は譫言《うわごと》のように繰り返していたのだ。

裏切る眼

1

まるで仔犬のようだ。

きゃっきゃと甲高《かんだか》い声をあげて駈けていく祐太《ゆうた》を見て、京助《きょうすけ》は思った。自分が九歳の時、あれほど無邪気に走り回っていただろうか？　幾分か内向的な少年だったことを割り引いたとしても、母親の前であんなに屈託なくふるまうことはもうなかったような気がする。

あの年頃の自分は、人間は何故次から次へとこの世に生を享《う》けて現われるのか、が最大の疑問だったと記憶している。径《こみち》の前方を駈ける少年も、ふとそんなことを考えるのだろうか？

「祐太君、転んで怪我《けが》しないでよ」

傍らの千里《ちさと》がやや面倒くさそうに注意の言葉を投げると、少年は振り向きもせずに「うん、大丈夫！」と答えながら木立ちの陰に消えていった。

三十を二つ越えたばかりの母親は足を止め、無言のまま休憩することを促す。京助もまた黙って立ち止まり、ふと千里の足許に視線を落とした。黒いハイヒールがくわえた白く細い足首が眩しい。

「父親に似て腕白《わんぱく》小僧になったでしょ？」

千里は京助の顔を斜めに見上げた。薄紫色の日傘が、彼女の顔にくっきりと濃い影を落としている。

まだ六月の十日だというのに、日差しは盛夏のものかと思えるほど強い。それでも高原だけのことはあって、木立ちを抜けて吹く風は心地よかった。

「そのようだね。もしかすると、腕白ぶりは和俊《かずとし》さん以上かもしれない」

「おっとりタイプの京助さんは随分泣かされたんでしょうね」

いつも口許をきっと結び、見るからに気のきつそうな面構えをしていた亡き従兄《いとこ》の顔が思い出される。絵に描いたようなガキ大将だった和俊。それと同時にガラスのように繊細な一面を持ち、屈折も多かった和俊。高校時代は太宰治《だざいおさむ》に夢中になり、小説家を志望した和俊。雑誌社でアルバイトをしているうちに雑文家と呼ばれるようになった和俊。どうした間違いでか、駅でやたらに売れるポルノ小説を書き散らす隠れたベストセラー作家にいつしかなっていた和俊。

返事をするのに少し間が空いた。

それほどでもありませんよ、と言い返そうと顔を向けると、千里はもう体をひねってあらぬ方を見やっていた。そのほっそりとした立ち姿を抱き込むように、八ケ岳《やつがたけ》の雄大な稜《りよう》線《せん》が広がっている。頂がいくつにも見える複雑な山容が今日は鮮やかに望めており、京助はできるならこの場面を写真で素早く切り取りたくなった。

自著が子供の目に触れないようにしていたベストセラー作家が高原の傾斜地に建てた別

荘——現在の所有者は寡婦《かふ》の千里だが——は、ここからまだ十五分ほど歩いたところにある。京助がそこを訪れたのは、和俊が死ぬ何年か前の夏——祐太が生まれて間もなく——に一度あるだけだった。その時も車に乗らない京助は、八ヶ岳を正面に仰ぎつつ、駅からてくてくと三十分近くかけて歩いたものだ。

休暇が溜まって、と先週久しぶりにかけた電話で話すと、彼女は是非、と京助を別荘に誘った。祐太が一緒だと言うので承知したが、何故自分を誘ったのか理由——そんなものはないのかもしれないが——がよく判らなかった。

「彼のことを思い出してしまった？」

問うと、首筋に後れ毛をなびかせながら千里はわずかに頷いたようだ。

「思い出したけど……ちょうど季節が三回巡って、遠い記憶になっていってるわ。本当に色褪《あ》せるっていう言葉のとおり、頼りなくなっていく」

「忘れたい記憶だからだろうな。ひどい事故だった」

階段から転落して首の骨を折る、というのは、どう考えても無残な死に方だった。即死に近かったのだから苦痛はあまりなかっただろう、と通夜の席で何人もの人間がなぐさめの言葉を交換していたのは、おそらく突然の事故の悲惨さの裏返しだ。別荘の裏手のバルコニーからテラスに伸びた急な階段のことはよく記憶している。そこから真っ逆さまに転落する従兄の姿を思い描くだけで、彼は惨《むご》さにぞっとした。

彼と彼女はこれからその事故が起きた場所に向かおうとしている。そのことが棘《とげ》となって千里の胸に刺さり、足取りを重くしているのだろう、と京助は解釈していた。

「三年前……あの人があんなふうに死んでしまったことよりも、京助さんが私から逃げたことの方が、私にはショックだった」

京助の胸にも棘が突き刺さった。

幼馴染みの従兄の妻とあやうい関係に陥ってしまった時、彼はすぐに過ちを悔いた。悔いながらも千里の発する花蜜の香りに似た力に抗《あらが》いかねて、半年にわたって秘密の逢瀬《おうせ》は続き、気持ちは嵐に揉《も》まれる小舟のように乱れた。やがて、その煩悶《はんもん》は和俊の不慮の死によって終止符が打たれる。それは運命からあまりにも乱暴に押しつけられた終止符だった。

「しばらく喪に服して、時間を措《お》いてから、京助さんが迎えにきてくれると思うほど、私は自惚《うぬぼ》れていたのよ。私と祐太を一緒に迎えにきてくれると思うほど……」

それは、彼がどうしてもできなかったことだった。

京助は何か誠実に響く言葉を返そうとしたが、すぐには浮かばなかった。言葉を選びそこねて、千里の感情の揺れを増幅させてしまうことが怖かったので。

京助がどんな顔で黙っているのか確かめるかのように、彼女はゆっくりと向き直った。彼は、せめてもの誠意を示すため、目をそらさずにその視線を受け止める。

「あの人は私たちのことを疑っていたわ。あなたはそれを知って怯《おび》えたの？」

「いや」それは違う。「和俊さんに疑われている、と感じたことはなかった。もしあったとしても――」

言い淀《よど》むと、千里が後を引き継いだ。

「そうよね。もしあったとしても、あの人が死んだ後で怯える必要なんてなかったんだもの。私を迎えにきてくれることはできたはずだもの」

勘弁して欲しい、というひと言が喉元まで出かかった。今になって思えば、彼女からわが身を引き離したのは、こんな粘着性を含めて愛するのは気骨が折れる、と直感で悟ったからなのかもしれない。

灰皿のないところでは控えている煙草が吸いたくなり、京助は上着のポケットに右手を入れた。と、祐太に与えるために持ってきた品物が指先に触れる。祐太が走っていってしまったのだから取り出す場面ではなかったが、一旦《いったん》、話をあらぬ方にそらすために彼はそれを掌《てのひら》にのせて千里に差し出した。そのプラスチック製の球形の容器の蓋《ふた》を取って、中に入ったゼリー状のものを見せる。

「ほら、祐太君が好きだったおもちゃ。出張先でまた見つけたので買ったんだ」

千里に変化があった。何か暗い驚愕めいたものが、稲妻のように日傘の下の顔を横切ったのだ。

どうしたことだ？　肩の力を抜いてもらおうとしたのに。

一瞬、当惑した京助は、すぐに自分のしくじりに思い至った。このおもちゃを祐太が面白がったのは、和俊が事故に遭った三年前のあの頃のことだったではないか。からまり合った記憶が記憶をたぐり寄せて、逆効果になってしまったのかもしれない。

「それ、何ていうんだった？」

しかし、千里は面に出かけた動揺を抑え、京助の掌の上のものを指さしながら、努めて何気ない口調で尋ねた。

「スライム。僕らが学生の頃に流行した時はそんな名前だった。今もそう言うんじゃないのかな。この容器には何も書いてないけれど」

彼は容器を逆さにして、緑色のどろりとしたものを左掌の上に垂らして受けた。わずかにひんやりと冷たい。そして、容器をポケットにしまって、両手でそれをこね回した。それは指の間からはみ出し、手首までとろりと滴り落ちかける。端から見ると両掌とも得体の知れないゲルで汚れきってしまったかに思えるのだが——

「あら、不思議」

京助は緑色のゼリーを左掌に集めてからポケットの容器を再び取り出して、すべてそれに流し込んだ。両の掌には寸分の汚れも遺っていない。

「ただこれだけのこと。実につまらないおもちゃだけどね」

スライム。十五年ほど前にごく短い間だけブームになったことがある玩具、とも呼べない奇妙な代物である。詳しいことは忘れてしまったが、アメリカあたりから上陸したのだろう。不思議な手触りと、ゼリー状の見かけから受ける印象とは裏腹にどんなものにもくっつかないという意外性を面白がるだけのもの。化学工場で偶然できてしまったものだ、と雑誌で紹介されているのを読んだことがある。

「ねぇ、京助さん」

千里が口調をあらためて呼びかけるのに、彼はスライムの容器の蓋を閉めながら訊き返す。

「何？」

「そのスライムとかいうおもちゃ、あなたには何色に見える？」

愚問だ。

「緑色だよ。それぐらいのことが僕に判らないと思うの？」

「だって、色盲の人というのは赤と緑が区別できないんでしょう？」

自分が赤緑色盲だということを話したことがある。だが、どうやら彼女はそれがどういうものなのかを理解していなかったようだ。偏見を取り除かなくてはならない、と思ったわけではないが、気まずい話から方向を転じるきっかけになるなら利用するに如《し》くはない。

「世間ではしばしば誤解されているようだけれど、赤色も緑色もそれぞれ区別できる。もちろん信号のランプだってちゃんと判るよ。識別が難しいのは検査表みたいに色が入りまじっている時さ。ほら、いつか美《うつく》し森《もり》で——」

千里はうんうんと頷いた。

「満開のツツジに気がつかなかったというエピソードでしょ？」

大学時代に友人と初めて訪れた清里《きよさと》、美し森——ここから車で二十分ほどの森——でのことだ。季節はやはり六月。そこがツツジの名所だと聞かされて、京助は思わず問い返した。

——ツツジの名所って、まだこの先か？

友人はきょとんとして言った。

——お前、ツツジがどんな花なのか知らないのか？　周りで咲いてるのが全部そうじゃないか。

そう聞いた途端、彼の周囲の世界が瞬時に一変した。それまでただ深緑の森だと思っていたのがすべてツツジであり、淡く赤い花が一面に咲き乱れている光景が目に飛び込んできたからだ。

「あの時は本当にびっくりしたなぁ。自分の目がどれほど不確かなものか思い知ったよ。——ああいうのが一番苦手なんだ。ツツジの花って、形も大きさも葉と似てるだろ。赤と緑であんなふうにミックスされてると駄目だな」

「でも、ツツジが一面に咲いているぞ、と言われたらその途端に見えだしたっていうのが面白いわ。その瞬間、どんな気持ちなんだろうって想像してしまう」

「妙なもんだよ」

「妙ね……」

千里は微かに口を開き、訴えるような眼差《まなざ》しを京助に向けた。避けたい話がブーメランのように戻ってくるのか、と彼は身構える。だが、彼女はまるで予想外のことを尋ねてきた。

「あの人の目のことを知ってた？」

それこそ妙な問いかけだった。

「嘘だろ。和俊さんが色盲だったなんて聞いたことがない。――いや、そんなことはないよ。僕が見づらくて困ってた地図を彼は難なく使ってたもの」

そう言っても、千里は納得しなかった。

「同じ血が流れてるんだから、あの人に遺伝していたとしても不思議はないじゃないの。調べたことがあるから、色盲は遺伝するもので、男の人にだけ顕《あら》われるということも知ってるわ」

どうして色盲について調べたりしたのだろう、と妙な気がした。まさか、そこまで自分に関心を抱いてくれていたということなのか？

「色盲は遺伝することがある。でも彼は違ったよ。祐太君だってそうじゃないか」

言い争うことでもあるまい、と思いつつ彼は諭すように繰り返した。千里は唇を噛む。

「和俊さんが色盲だとしたら、どうかするの？」

千里は京助の目を真正面から覗き込んだ。見たことがない色をしている。まるで崖っぷちに追い詰められた者のような、危険な気配を漂わせる目だった。

「京助さん。あなたの方から鎌を掛けてきたんじゃないの？」

絞り出す声には、はっきりと怒りが込められている。どうしてだか判らないが、懸命に注意をしたにも拘らず、彼は結局千里の心の傷に触れてしまったらしい。取り繕うにも原因が判らないのだから、繕いようがないのに弱った。

「ちょっと待ってよ。鎌を掛けるって何のことなんだ？　君は僕と腹の探り合いをしているつもりだったのか？」

千里はもはや言葉さえ失ってしまい、ただ彼をにらみ続けていた。その瞳に怒りが、憎しみが、哀しみが、次々に表われて移ろっていくのを、京助は不思議な思いで見返すよりなかった。

「一人で抱いているには重過ぎる秘密なの。今夜、別荘でお話ししようと思っていたけれど、今ここで話しても同じね」

「何のことだい？」

何か重い荷物を背負わされる。京助は心の準備を急いだ。

「ねぇ、あなたは、苦しんだのは自分の方だと思っているの？」

彼女は詰問する。

まるで、卑劣な裏切りを責めるような目をしながら。

2

三年前――

「俺を裏切っていないと誓えるか？」

椅子に反り返って座った和俊は、語気鋭く千里に尋ねた。机の上には、原稿用紙やメモが乱雑にちらばり、苦悩を忍ばせている。和俊が好きな冷えた麦茶を運んできた千里は、部屋に入るなり浴びせられた言葉にぎくりとし、盆を胸の前で掲げたまま立ち尽くしてしまった。

「誓えるなら誓え。俺の目をまともに見つめながら誓うんだ」

細く吊り上がった眉の下の右目は根を詰めた執筆のためか、ひどく充血していた。人の顔というのは誰しも正確に左右対称ではないが、彼の場合は右半分がどことなく意地の悪い人相になっている。ただでさえ優しさを欠いた上に赤くなった右目ににらみ上げられ、彼女の胸の鼓動は速くなった。左目はまだいくらか温かみを備えているはずなのに、そちらは物貰《ものもら》いができたために眼帯で覆われている。

「変なことを言わないで。あなたを裏切るようなことを私がするはずがないじゃないの」

「誓えるのか？」目をそらしかけると叱りつけられる。「おい、俺の目を見ろって」

「見てるわよ。——それよりあなた、いくら追い込みだからってあんまり無理しない方がよくない？　眼鏡いらずの自慢の目を悪くしそう」

「話を脇にそらさないでくれ。京助とは何ともない、と誓えるんなら早く誓ってくれ」

さっきは『誓え』と言っていたのに、いつの間にか『誓ってくれ』に変わっている。それにしても、誓うということが好きな男だ。誓ったらどんなことでも信じてくれるのだろうか？

信じるわけがない。男と女が出会って一時間後にベッドインする小説ばかり書いているくせして、妻が浄水器のセールスマンと口をきくだけで眉をひそめるほど嫉妬深いこの男が信じるものか。嫉妬深くて、吝嗇《りんしょく》で、傲慢《ごうまん》で、それでいて文学コンプレックスから愚痴と自己弁護ばかりを撒《ま》き散らしている男。昔はこうではなかった。だが、もうこうなってしまった男。

「馬鹿らしいけど、あなたがそこまで言うのなら誓ってあげる。私の目に映る男はあなたと祐太だけよ。――でも、こんなことを言わされる妻の情けなさっていうものを、あなたにも理解してもらいたいわ」

麦茶をテーブルに置きながら、千里はすねたように言ったが、夫は反省のそぶりなど見せない。思ったとおり、さらに疑ぐりの目を向けてねちねちとからんでくるのだった。

「言葉より目だ。俺はお前の目を読んでるんだぞ。俺を見る時と、京助を見る時とでは、目の輝きが違うんだよ」

昨日、出版社への転職の世話をしてもらいに京助がきた時のことを指して言っているらしい。勤めていた中堅出版社が倒産したため、ウィスキーを提《さ》げてやってきた京助。確かに、彼の横顔を見ながら頰が緩んでいたかもしれない。先週もあの指が自分の肌の上を這ったのだ、と思い出して胸が高鳴っていたのだから、目に喜びの色が浮かんでいたかもしれない。

だが——

「いい加減にして。言葉が無力なんだったら、何を言っても無駄じゃないの。『俺を裏切ってる目だ』なんて理不尽なことを言われてもどうしようもない」

最初はどぎまぎしたが、ずばり図星を指されているうちに、彼女は腹が立ってきていた。本当にあらぬ疑いをかけられているのなら、こうまで立腹することはないだろう、というほどに。

不快感を表明するためにスリッパをぱたぱた鳴らして部屋を出かけた時、「待て」と止められた。

「判った。俺もいらいらしてたもんでつい言い過ぎた。——スランプでかなりのたうち回ったけれど、こいつもどうにか明日の夜には上がりそうなんだ」

彼は升目が埋まった原稿の束をぽんと叩き、ぎこちなく笑顔を作ってみせる。延々と濡れ場が続くだけの小説を書くのにどんな迷いがあるのか千里には判らなかったが、このところ夫の仕事がまるではかどっていないこと、本人がかなり悩んでいることは承知していた。

「入稿したら祐太をおふくろに預けて、八ヶ岳に行かないか？　孫とご無沙汰だって、親父ともども電話でぼやいてたから、ちょうどいいだろう」

本人は自分の機嫌を取ろうとしているつもりらしいが、そんなことは少しもうれしくなかった。面倒なだけ、という気もする。祐太を預けに行くためには義母に会って数時間は退屈な話に付き合わなくてはならないし、別荘に場所を移したところで、極端に外食を嫌う夫であれば、三度三度炊事をすることに変わりはない。それに――別荘にいる間は、口実を設けて外へ出て、京助と会うということもできないではないか。

「祐太を預けるったって、急に言われたらお義母《かあ》さんもお困りになるでしょう」

やんわりと言ってみたが、「大丈夫、困るもんか。俺が電話をしとく」という答えだった。全く気が進まなかったが、どうやら逃れられないらしい。

「そうと決まればさっさと片づけるぞ」

くるりと椅子を回転させると、ワープロ嫌いのポルノ作家はボールペンを執ってすぐに仕事を再開した。

わずかな休憩と食事の時間以外は机を離れなかった和俊のがんばりにも拘らず、作品は翌日の夜までに完成しなかった。彼は別荘に場所を移して書くと言い張った。加えて、義母が風邪でダウンしていたことも誤算だった。「預かりたいのはやまやまだけど、祐太にうつしたら大変だよ」と言うので、幼稚園を休ませて別荘に連れていくことになってしまったのだ。

六月上旬の別荘地にはもちろん夏の賑《にぎ》わいはなくて、嫌々きた千里も清冽《せいれつ》で落ち着いた空気を呼吸しているうちに気持ちを和らげることができた。きた夜には庭でバーベキューを楽しみ、ビールにちょっと酔って祐太に笑われたりしたが、和俊はそんな妻子の様子に、満足げに目を細めていた。

着いた夜ぐらいはゆっくりするものと思っていたら、彼は仕事をすると言う。千里が少しサボればいいじゃないの、とそそのかしても、真剣な顔で首を振った。

「ここのところ締め切りを守ってないから、担当者に迷惑をかけてるんだ。初版の部数もじりじりと落ちてきてるし、『隠れたベストセラー作家』の称号も怪しくなってきてる。踏んばりどころさ」

「大変ね」

他人ごとのような口調であっさり言ってしまった、と千里は口に手を当てたが、夫は気にしていないようだった。疲れた表情でうなだれ、重たげな足取りで階上の部屋に向かおうとしている。

「お仕事、何時までするの？」

「判らん」

溜め息混じりに言って、階段に消えた。その横顔に憔悴《しょうすい》と焦燥《しょうそう》がにじみ出ているのを見ても、彼女はさして関心が湧かなかった。この人はもう駄目なのかもしれない、と考える自分のことを冷たい女だと思いつつ、胸が痛むこともなかった。

気がつくと、足許に祐太がまとわりついている。京助からもらったスライムとかいうおかしなものをいじりながら、腰に軽く肩をぶつけてくる。

「行こう、祐太君。お父さんはお仕事だから。お母さんとプリンを食べようか？」

息子は柔順に「うん」と答えた。

この子は私以上に父親に冷淡かもしれない、と思う。私が猫可愛がりする一方、子供のあしらい方が判らない和俊がまるでわが子を避けるようにするものだから、父子はこちらがどきりとするほどよそよそしい接し方をすることが珍しくない。呆《あき》れたことに、息子は父親の名前をまだうろ覚えなのだ。市場で八百屋の主人に話しかけられた祐太が、父親に名前なんてあったっけ、という顔をした時はさすがに驚いた。

――この子、京助さんにはあんなになついているのに。

学生時代からボランティア活動で子供の世話をするのに慣れている京助は、訪問してくるたびに千里には真似ができない方法で祐太を喜ばせた。珍奇なお話、テレビ漫画の話、大人の観賞にも耐える手品、オカリナで奏でる『月の砂漠』。祐太はきゃっきゃと歓声をあげて喜び、京助が帰る時は、泊まっていって欲しいと子供らしい駄々をこねた。玄関先で「ごめんね、ごめんよ。またくるからね」と詫びる京助を見ながら、この人が祐太の父親だったらどんなに素晴らしかっただろう、と夢想した。

――どんなに素晴らしかっただろう。私にとっても……。

一昨日もそう残念がりながら京助を見送った。

玄関の扉を閉めるなり、和俊はくっくっと笑っていた。

「あいつ、『ポルノなんか書いてて満足なんですか？』なんて俺に訊いたことがあるんだ。それが転職の世話をお願いします、ときたぜ。ガキの頃からずっとそうなんだよ。年下のくせして一人前の口をきいていたかと思うと、べそをかきながら俺に助けを求めにくるんだ。やれやれ」

そんなふうに京助の兄貴面をするのを聞かされて、千里は不愉快だった。彼がただ兄貴面をしたがっているだけならば、従兄弟《いとこ》同士なのだからそれもいい。しかし、昨夜明らかになったように、和俊は、千里が京助を慕っていると推察した上でそんな皮肉を自分の耳に入れたのだ。

――嫌な男。

千里は思い出してしまった腹立たしさをこらえて、閉じた夫の部屋の扉をにらんでいたが、祐太にスカートの裾をひっぱられて我に返った。

「プリン食べるんだから、それをしまって手を洗いなさい」

そう言うと「汚れてないよ、ほら」と得意げに両掌を開いてみせるので、「はいはい、判りました」と言いながら、ともかく玩具を取り上げた。

東京から持ってきた息子ご用達《ようたし》のプリンを皿に落とし、スプーンをそえて与える。ダイニングで二人して一分でそれを平らげると、千里は祐太をベッドに追い立てにかかった。案ずるより易く、息子は目をこすりながらパジャマに着替える。これまた東京から持ってきたご愛用の枕を出して「おやすみ」を言い、暗くすると怖がるので、明かりを消さずに部屋を出た。独立心を培うためにこの春から欧米風に一人で寝る習慣をつけるべく訓練を始めたところ、初めは枕を提げて千里のベッドに逃げてきた祐太も、今ではすっかり平気になっていた。

夫と子供から解放された千里はダイニングに戻り、自分だけのために紅茶を淹れた。耳を澄ますと、風が梢《こずえ》を揺らす音と遠くを走る車の音だけが聞こえていた。静寂。切ないほどの静けさ。

――彼の声が聞きたい。

唐突にそう思った。思いついてしまうと、聞きたくてたまらなくなった。夫が赤く血走った目――それも片目だ――で原稿用紙と格闘しているというのに、あまりにも不謹慎であったが、がまんできなかった。夫が持ってきている携帯電話を使って裏のテラスからでもかければ、普通にしゃべっても彼には聞こえっこない。

彼女はすぐ実行に移すことにした。鞄から出した電話を手に、テラスの椅子に腰を下ろし、暗記している番号にダイヤルする。出なかったら落ち込みそう、と心配したが、京助はいた。

「ごめんなさい。声が聞きたくなって」

涼風が吹いた。

京助の声を聞きながら、体の奥に火が点《とも》るのを感じた。

3

翌日、朝から和俊は機嫌が悪かった。明け方まで机に向かっていたのに、執筆はまるで進まなかったらしい。

「ポルノ作家風情が何を悩んでる、という顔だな」

朝食を作っていると、二階から降りてきた和俊に背中からいきなりそんな言葉を浴びせられて、千里は衝撃を受けた。言い掛かりもいいところで、どう言い返していいかも思いつかず、口をぽかんと開けてしまう。

「お前、俺がヒイヒイいってる間に誰かさんと電話で内緒話をしていただろう？」

電話機は鞄に戻しておいたのにどうして使ったことが判ったのだろう、と思ったが、それしきのことをとがめられる筋合いではなかった。

「電話を無断で使ったって怒ってるんじゃないでしょうね？」

「リダイアルボタンを押したら東京の家につながった。おかしいじゃないか。あの電話で自分の家に電話をしたことなんか最近なかったはずだ。それなのにどうしてリダイヤルしたらわが家につながるのかね？」

「私に訊いても知らないわ」

「お前が使った後で留守宅にダイアルしたんだろう？　どこにかけていたか知られたくな

いから、そんな小細工をしたのさ」

またしても図星だった。こんな時だけ、夫は恐ろしく勘が働く。

「京助が恋しくなったのか？」

「ちょっと！」

開き直って大きな声を出した途端に、左の頬がかっと熱くなった。結婚して初めて受けた平手打ちだった。千里は痛みよりも驚きのあまり、しばし体が硬直して動かなかった。

「俺が原稿用紙の真っ白な升目ににらまれて頭を抱えている間に、お前はあいつと電話で乳繰り合ってたんだな？　否定しても駄目だ。よくそこまで俺をコケにできたもんだ。裏切りやがった。口で何と言おうと目を見れば判るぞ」

夫の怒声がやけに遠く小さく聞こえている。どこか別の世界からの声であるかのようだった。

――もの書きのくせに馬鹿の一つ覚え。また目を見れば判る、なの。

千里は阿呆らしさのあまり笑いたくなった。そして、自分がいかに夫を軽蔑しているかについて、胸を張って淡々と話してやろうか、ともちらりと思った。

「あなたは疲れているのよ。だから、そんな変な疑惑が頭に巣を作るんだわ」

だが、実際に唇の間からもれたのは、そんな世にも優しい言葉だった。言った本人がその意外さにびっくりしたぐらいだから、和俊が絶句したのも無理はない。彼はどう反応したらいいのか決めかねた様子で、ぼさぼさの髪の毛を掻きむしった。

「ゆっくり休みなさいよ。仕事なんかしなくていい」

私って聖母のようだ、と彼女は思った。聖母の頬を張ってしまったことに狼狽《ろうばい》したためか、和俊の怒りは蒸発してしまったらしい。極《き》まり悪げに黙ってしまった。今度は千里にはそれが滑稽でならなくて、嗤うのをこらえなくてはならなかった。

「朝ご飯はどうするの？」

自分の部屋にとって返そうとする夫に言うと、彼は「今いらん」とぶっきらぼうに応えて去った。

ほうっておこうかとも思ったが、情けをかけてやることにした。サンドイッチとコーヒーを作って運ぶと、夫はバルコニーに出て、遠い山並みを眺めているようだった。床に何枚か落ちた原稿用紙の升目が赤い文字で埋まっているのが目に入る。

「置いておくわよ」とだけ声をかけて階下に降りると、祐太が起き出してきていた。戸惑ったような表情からすると、夫婦喧嘩を見ていたらしい。

「お母さん」と小声で言う。「僕、帰りたくなってきた」

「どうして？　きたばっかりじゃないの」

「お父さんがお仕事するためにきたんだろ？」

大人びたうんざりした表情だった。千里は息子の苛立ちと怯えが痛いほどよく理解できた。

「判ったわ。とにかくご飯を食べましょう。食べたらお母さんがおうちへ連れて帰ってあげる」
「本当？」
満面に安堵の色が浮かんだ。両親の間に漂う緊張を感知し、息が詰まりそうになってい
たのかもしれない。
「さぁ、立ってないで早く座りなさい」
朝食をすませてから、千里は意を決して和俊の部屋に上がっていった。ノックをしても
返事がないので「入るわよ」と言って開ける。夫は書きかけの原稿を見直しているところ
だった。
「祐太を連れて東京に帰るわ。あなたのお仕事の邪魔になりそうだから」
怒鳴りだすかと思ったのに、返ってきた声は穏やかだった。しかし、彼女の希望に沿う
応えではない。
「八王子《はちおうじ》に預けたらお前はすぐに返ってこいよ。まさか俺をほったらかしとくつもりじゃ
ないだろうな？」
「でも……」
「俺に自炊しろって言うのか？」
千里は唇を強く噛んだ。
「判りました。夕食の支度ができるように戻ってくるわ。昼食だけは駅前に歩いていって
食べて」

食事の後片づけを手早くすませ、「無理をお願いしますが」と八王子の義母に電話を入れてから、祐太を車に乗せて発《た》った。二時間半かかって十二時前に着くと、義母は寿司でもてなしてくれた。ゆっくりしていけと留めるのを丁重に辞して、ほとんどトンボ返りで八ケ岳に車を走らせる。

四時前に帰りついてみると、和俊は寝室で服を着たまま鮪《まぐろ》のように横たわって眠っていた。それにかまわずキッチンに向かい、ちょっと休憩したいのもがまんして、食事を作り始める。夫の好物、野菜をふんだんに使った天ぷらだった。

およそでき上がったところへ、のっそりと和俊がやってきた。眼帯をしていない目がますますひどく充血しているだけでなく、顔全体がぽっと赤かった。

「お酒臭い」千里は思わず鼻をつまんだ。「真っ昼間から飲んで寝てたの？」

「やかましい」

また平手打ちが飛んできたが、酔っているせいか振りが鈍く、不意をつかれたのに簡単に身をかわすことができた。夫はよろけてテーブルに手をつく。怒りで肩が顫えているのを見て、少し恐ろしくなった。

「嫌味を言うために戻ってきたんなら、帰れ」

「何ですって？」

さすがに堪忍袋の緒がプツンと切れた。天ぷら油を頭からぶっかけてやろうか、と思ったほどだ。

「帰るわ。一人で生のお米でもかじってればいい」

「帰れ」

「車は置いていってあげる」

「どこまでも俺を裏切りゃいい」

テーブルに突っ伏しているらしい夫の顔も見ず、彼女は別荘を飛んで出た。軽蔑している男から馬鹿にされたと思うと、駅に向かいながら、悔しくてぽろぽろと涙がこぼれた。涙を拭くハンカチを出そうとした時、スカートのポケットに異物が入っているのに気づく。――すっかり忘れていたが、昨夜、プリンを食べる前に祐太から取り上げたスライムだった。

立ち止まって蓋を開ける。化学反応の悪戯が作った奇妙な緑色のゼリー。その毒々しい色を見つめているうちに、千里の脳裏にあるアイディアが芽生えた。

彼女はスライムの容器を握りしめたまま、別荘へ足早に取って返した。それは夫にぶつける新手の捨て台詞を思いついたからではないし、ましてや思い直して詫びるためなどではなかった。

――思い知らせてやる。

歩きながら腕時計を見ると五時を過ぎていた。これからちょっとひと仕事をして駅へ向かったなら、六時頃の列車になるだろう。東京の自宅に帰り着くのは十時近くになりそうだが、かまいはしない。――六月の太陽はまだまだ空高くにあった。

千里は別荘の裏手に回り、バルコニーからテラスへ続く階段に、まるで空き巣狙いのようにそっと忍び寄った。煉瓦に似せた化粧タイルを張った階段。土地が傾斜しているために長く、急な上に、踊り場がない階段。

——何が俺を裏切っている目だ、よ。

彼女は足音を殺して階段を上った。

殺意に似た感情の高ぶりか、あるいは——もしかしたら——殺意そのものを胸に秘めて。

4

祐太はもう別荘まで行ってしまったのか、声も聞こえなくなっていた。まるで千里と二人きりで世界のはずれに取り残されたようだ、と京助は感じた。

「別荘を飛び出した翌々日、様子を見るために戻った。あの人がバルコニーの階段の下で死んでいるのを発見した時、私は信じられなかった。とんでもないことが起きてしまった、というんじゃない。こんなにうまくいくなんて、と信じかねたのよ」

京助は額に汗がふつふつと噴き出してきているのを感じた。彼女の話の先が何となく読めてきていたからだ。

千里は続ける。

「哀れなあの人の首はあってはならない角度にねじ曲がっていたわ。地面にほっぺたを押しつけて、下半身は逆さまになって階段にかかっていた。私が戻ってくるまでの一日半ほどの間、ずっとその恰好《かっこう》のままだったのね。足を滑らせて階段を転げ落ちて死んだ、ということは誰の目にも明らかだった。警察の目にも。解剖されたけれど、不審な事実は出てこなかったもの。でも……」

彼女は手にした日傘を、ゆっくりゆっくりと回していた。

「違うのよ」

京助は、千里に誘導されて尋ねざるを得なかった。

「何が、違うんだい？」

彼女は快さそうに微笑した。

「違うのか違わないのか、よく判らないんだけれど。——あの人が足を滑らせたことは彼自身の過ちじゃないのかもしれない」、
自分の責に帰する、と言いたいのだ。

「あなたがいきなりスライムを差し出すものだから、てっきり鎌を掛けられていると思ったのに、どうやら私の早とちりだったみたいね。——私、あの人が階段で足を滑らせることを期待して、あの緑色のゼリーを上の段に塗りたくっておいたのよ。転落して死んでもかまうもんか、死んじゃえ、と思いながら。死んだらもう私を縛ることもない。京助さんと一緒になることも夢ではなくなる」

千里さん、と制止のために呼びかけたつもりが、声になっていなかった。

「即死だなんて、信じられないじゃないの。大当たりもいいとこ。死んだあの人を見た私はどぎまぎしながら、することはちゃんとすませた。何のことか判るわね？　あの人の靴の底に遺ったスライム、階段に遺ったスライムを掻き集めなくっちゃならなかったの。他のものなら完全に回収することなんてできなかっただろうけれど、あなたが祐太にくれたあのおもちゃなら可能だった。おかしなものは現場に全く遺さずにすんだ」

嘘だろう、と訊く気にもならない。京助には、彼女の吐く一語一語が、喉元に突きつけられた刃物のように危険なものに思えた。

「解剖の所見によると、転落した時、あの人は酔ってたそうよ。そのおかげで、酔って足《あし》許《もと》が怪しかったんだろう、と刑事さんは話してくれたわ。仕事がはかどらずにややノイローゼ気味だった、という証言は私がする前に、担当の編集者がしてくれた。それも事故の遠因かもしれない、と警察はみたわけよ。ノイローゼについては、あの人が書きちらしていた原稿が赤いボールペンで書かれていたことも一つの裏づけになったみたい。普通じゃないな、って」

「赤いボールペンで原稿を？　それは確かに普通じゃないね」

京助はかろうじて合いの手を入れることができた。

「言ったじゃないの。――あの人、色盲だったのよ」

そうではない、と言ったではないか。彼はもう一度繰り返しかけて、止められた。

「一緒に暮らしているうちに判ったの。赤と黒のボールペンとを取り違えることがこれまでにもあったわ。ボールペンの細い文字だと、赤が赤だと見極められなかったのよ」

それはおかしい。

「だから煉瓦に似せたタイルの上に塗った緑色のスライムにも気がつかず、平気で踏んでしまったんだわ。そうなればいい、と願ってしたことだけど、やっぱりあの人には見えなかった」千里はうっすらと嗤った。

「私が裏切ってるですって？　目を見れば判るですって？　それこそ自惚《うぬぼ》れよね。そのご立派な目に裏切られて、あの世に行っちゃったくせして」

彼女は憑《つ》かれたようにまくしたてた。京助は足を止めて彼女の前に回り、その両肩をつかむ。

「つまらない冗談はやめようよ。和俊さんは色盲なんかじゃなかった。あんなおもちゃに滑って階段を転げ落ちるなんてことはなかったんだ。冗談でないとしたら、もしかして……君は、自分が妄想の中でたくらんだ悪戯と現実とを混同してるんじゃないのか？」

彼を見返す千里の目は冷ややかだった。

「色盲だったのよ、右目だけ」

「え？」

意味が判らなかった。

「物貰《ものもら》いができて左目に眼帯をしていたって言ったでしょ？　これまでにも同じように左目に眼帯をすることがあったから、その時に発見したのよ。この人、右目だけ正常じゃないみたいだって。本で調べたら、そういうこともあると出ていたわ」

「右目だけが……？」

京助は惚《ほう》けたように呟いた。

「そうよ。こずるくて意地悪そうなあの右目だけが、赤と緑を識別する能力に異常があったのよ」

「知らなかった。彼も色盲だったなんて。そうしたら……」

「私が話したことはすべて本当にあったことなのよ。私があの人を殺したの。あなたが、私と祐太を迎えにきてくれることを期待して」

千里は恫喝《どうかつ》するように、すっと目を細めた。まともに目を合わせておれず、京助はぷいと視線をそらす。

「私は、あなたと出逢わなければ、あんなことをすることはなかった。――案外、あの人と幸せに、うまくやれていたかもしれない」

ねっとりとした悪意のこもった言い方だった。そんな理屈はおかしい、と言い返しかけたところへ、彼女の言葉がかぶさる。

「ねぇ、気がついてた？　ここ、ツツジがきれいよ」

はっとして顔を上げると、新緑が眩しかった世界がにわかに変容した。

赤い花の洪水が津波のように押し寄せ、彼をすっぽりと包み込んでいた。

Intermission 1： 遠い出張

北国の公園には、秋色を通り越して冬の気配が漂っていた。厚手のコートでちょうどいい。仲井《なかい》はテレビ塔が見えるベンチで腰を下ろし、モバイルと携帯電話を接続した。パソコン通信の受信メールを見てみると、本社から何か入っている。面倒なことが起きたのではと案じたが、届いていたのは部長からのねぎらいのメッセージだった。ほっとすると同時に、思わず大きな欠伸が出た。

入社八年目にして初めての札幌出張は、文句のない成果を収めて終盤にさしかかっていた。新建材アロマウォールの契約件数、三日間で十二。どちらかというとおっとりしたタイプだった前社長が自宅の階段から落ちて急逝《きゅうせい》し、猪突猛進《ちょとつもうしん》型の新社長体制になってから営業にきびしく鞭《むち》が入るようになったが、これなら胸を張って帰社できる。部員一同に、拍手で迎えてもらいたいくらいだ。

午後からもう二件ほど注文が取れそうだし、今夜はがんばった自分へのごほうびとして、すすき野ではめをはずしてやろう。せっかくこんなに遠くまで出張にきているんだし、多少は経費も浮きそうだし。そうと決まれば、残る仕事をさっさと片づけてしまおう。彼は、モバイルをコートのポケットにしまって、アポイントメントの確認の電話をかけ始めた。

そして、十時間後。

午後に三件の仮契約を得られた彼は、自分との約束どおりにネオンの海を泳いで痛飲し、鼻歌まじりに宿泊先のビジネスホテルへと歩いていた。仕事はやりやすいし、入った店では女の子にずいぶんともてたし、札幌出張って最高だな、と浮かれているうちはよかったのだが、突然、視界が大きくぶれた。ふだんの量をはるかに越して飲んだため、足にきたようだ。

「花形営業マンのくせに、だらしねぇぞ、仲井、これぐらいで」

笑おうとしたが、駄目だった。足がもつれて、路上に転がる。ほてった頬に、ひんやりとしたアスファルトの感触が心地よかった。

「こりゃ、いいわ」

人通りもまばらな裏通りとはいえ、いつまでも寝転がっているわけにはいかない。立ち上がろうとするのだが、腰の蝶番《ちょうつがい》がはずれたようで、うまく体を動かせない。まずいんじゃないか、と思いながら、すうっと意識が遠のいていった。

どれほど眠っただろうか。目が覚めると、彼は周囲をきょろきょろと見回した。どこで寝たんだっけ？　道路の真ん中で倒れたことは覚えているけれど、それからどうした？　何とかホテルに戻ってベッドにもぐり込んだような気もするのだけれど……。

屋外にいるようだった。しかし、深い霧があたりに立ちこめていて、ここがどこなのか判らない。舗装された道に転がったはずなのに、体の下にあるのが柔らかい土の地面なのが解せなかった。様子が変だ。いったい何時なんだ、と腕時計を見ようとしたら、ひび割れて壊れていた。転倒したはずみにやってしまったらしい。濃霧のため、夜明けが近いのか、すでに朝なのかも定かでない。

「まずい！　昨日の夜、報告してねぇぞ」

彼は部長あてにメールを送ろうとした。朝一番で届いていないと、機嫌が悪いからだ。

しかし、通じない。何度かけても電話がつながらない。

何かおかしい。途方もなく、変だ。

「そこにいるのは仲井くんじゃないのか？」

霧の向こうから呼びかけられた。やがてぼんやりと姿を現した人物を見て、彼は電話を取り落とした。

＊

「しゃ、社長！」

事故で死んだはずの前社長が立っていた。

「無茶はいかんよ。あんなことをしたら車に轢《ひ》いてくれと言うのも同然だ。可哀相に。まだ三十そこその若さだったというのに」

自分は死んだのか？　とすると、霧に包まれたここは、元いた世界ではなく……

落とした電話を見つめる彼に、前社長は、

「通じんだろう。圏外だからな」

危険な席

1

「ご機嫌ですね、お客さん」

不意にタクシーの運転手に話しかけられ、小笠原朋彦《おがさわらともひこ》は「え？」と前を見た。

「仕事が首尾よくいったものですから。――にやにやしていましたか？」

「にやついていたというんじゃありませんが、お顔が晴れ晴れなさっているな、と。お気を悪くなさったのなら、すみません」

気のよさそうな運転手はルームミラーの中でぺこりと頭を下げる。そんな必要など全くないのに。

「気分を害したりしませんよ。それより、この次は観光できたいな。仕事だけで長野にくるのはもったいない」

運転手は満面に笑みを浮かべた。

「ええ、ええ。今度はお仕事じゃなくてね。ぜひ、お越しになってくださいよ」

朋彦にすればほんのお愛想のつもりだったのだが、相手にえらく喜んでもらったようなので、悪い気がしない。

善光寺を模した駅舎が前方に見えてきた。彼は早めに財布を取り出して用意する。降りる時、喜ばせついでにと、いつになくチップをはずんだので、運転手は恵比寿《えびす》顔だった。できるなら本当に遊びにきたいものだ。「旅行もろくに連れていってくれない」を口癖にしている加津子への罪ほろぼしになる。昇進もしないのに三十を過ぎたとたんに忙しくなって、妻には淋しい想いをさせているから。

おやおや、と朋彦は思う。どうしたことだろう。いつも余裕のないくせに、今日はやけに温かさにあふれた男になっているではないか。年に何日かしかないことだ。

スーツの内ポケットから切符を出して、もう一度、発車時刻を確認する。

〈ワイドビューしなの18号　長野駅発14時07分〉

まだ発車まで二十分。加津子と会社への土産を買い、車中の友であるビールとつまみを選ぶ時間はたっぷりとある。理想的だ。発車の間際に電車に駈け込むような無様なことが、彼は昔から嫌いだった。用意は周到でなくてはならない。座席にしたって、今回のように事前に日程がはっきりしている出張なら、できるだけ早くから指定を押さえておく。それでこそ安心して気持ちよく電車に乗れるというものだ。

妻の好物の信州そばと、個数が多いのが取り柄という饅頭《まんじゅう》の詰め合せを構内の売店で買ったら、鞄と紙袋で両手がふさがった。とりあえず改札をくぐる。ビールなどは中のキヨスクで買えばいい。

跨線橋《こせんきょう》を渡ると、乗るべき列車はもうホームで待っていた。まずは両手の荷物を座席に置くべく、彼は最後尾の一号車に向かった。四つ葉のクローバーのマークを見て、よしよしと頷く。今回の出張の最中にかなりの経費が浮くことがあらかじめ見込めたので、グリーン車を奮発したのだ。

今日は会社に出向くことなく、直帰する了解を部長からもらっている。あとはゆったりとした座席に身をゆだね、ビールを飲みながらわが家に帰るだけ。

「こいつは大名気分だな」

思わず独り言がこぼれた。

〈しなの18号〉の指定を取ったのには、理由がある。夜行を除いた昼間の列車のうちたった一本、この特急だけが大阪まで直通だからである。〈しなの〉は長野と名古屋を結ぶL特急だから、大阪まで乗り入れているものが一本だけあることを知らない人間も多い。よしんば時刻表でその存在を知っても、長野─大阪の全区間を乗り通すのを敬遠するのが普通だろう。五時間十五分も要するからだ。電車好きの朋彦にすればそれしきの所要時間は何ほどのこともなく、むしろ楽しいぐらいなのだが、世間の通念は違うのだ。乗り換えの手間が省けようとも、大阪と名古屋の間を在来線で走るなんて、とんでもないことらしい。新幹線なら一時間ですむところが、在来線なら二時間かかるというだけの差なのに。

一号車に乗り込む。指定席の座席番号はさっき見た時に暗記していた。13番のA。進行方向に向かって左手の窓側だ。車内には、先客は一人しかいなかった。重役タイプの恰幅《かっぷく》のいい男が、五列ほど前で新聞を読んでいる。発車までまだ十分あるが、この分だとがら空きのままだろう。もちろん、そうでなくては。どの列もきちんと客で詰まったグリーン車など、誰が乗りたいものか、と思う。みんな、開店直後の銭湯につかるような気分が味わいたくて、高い別料金を払っているのだ。

荷物を置き、さて、とホームへ出る。キヨスクで缶ビールだの週刊誌を買っている時に、列車の到着を告げるアナウンスとともに、一台の特急がホームに滑り込んできた。彼が乗るのと同じ〈ワイドビューしなの〉だ。

おや、と思った。その列車〈しなの15号〉が、大阪から到着したものだという意味のアナウンスがあったからだ。上りの〈しなの18号〉に対応する下り列車があること自体は、何の不思議もない。ただ、それが上りの発車の直前になって長野駅に入ってきたことを、意外に思ったのだ。〈しなの15号〉は、二つ離れたホームに停まった。ホームの時計は13時59分を示している。

「面白いな」

彼はわれ知らず呟いていた。

何が面白いのか？　こういうことだ。

長野─大阪直通の特急は一日に一往復しかない。上りが〈しなの18号〉、下りが〈しなの15号〉。上りの長野駅発は14時07分。下りの長野駅着は13時59分。たった八分間しかない。双子の兄弟のような二つの列車は、一日のうちで八分間だけ長野駅で並ぶのだ。

推理小説めいている。松本清張の『点と線』に、東京駅のあるホームとあるホームの間の列車がいなくなり、見通すことができるのは一日のうちでほんのわずかな時間しかない、という意外な事実が盛り込まれていたのを思い出した。

加津子に教えてやったら、興味を抱くのではないか？　推理小説を書いてみたい、と話していたではないか。この発見は、信州そばよりもいい土産になるかもしれない。

自分の席に戻ってみると、一号車の乗客は老夫婦がひと組と有閑マダム風の婦人が一人増えているだけだった。定刻になり、列車は大阪へ向けて動きだす。彼は窓を見やって、〈しなの15号〉が遠ざかるのをしばらく眺めていた。

さっきは大発見をしたような気がしたが、少し考えてみると何も驚くようなことではない。鉄道ファンやJRの職員に聞いたら、もっと珍しい現象が日本中のいたるところで起きている、と教えてくれるかもしれない。

だいたい、長野駅で〈しなの18号〉と〈しなの15号〉が一日に八分間だけ並ぶからといって、それがどう推理小説に利用できるというのだ？　小説を書こうとしたことのない私などには何も思いつかない。妻だって同じことだろう。

「推理小説を書いてみようかな、と思うの。鬼無《きなし》先生に話したら、『あなたの作品はいつも理が勝ちすぎの傾向があるから、推理小説なら面白いものができるかもしれない』と言ってくださったし」

加津子がそんなことを話していたのは、もう半年も前だ。二度目の懸賞小説に応募した大悲恋小説が落選した落胆——大したものではないが——から立ち直って、ようやく見つけた次なる目標が推理小説だったのだ。

彼は、ただにやにやしながら「まあ、がんばったら」と言っただけだ。加津子は、それが不満そうだった。

「もっと熱心に応援してくれてもいいでしょう。暇な専業主婦の遊びだと思ってるんでしょうけど、私は私なりに真剣なのよ。心の底に埋もれているものを一所懸命に掘り起こして文章にしていってるんだから」

そんなふうに真顔で言われるほど、彼は醒《さ》めてしまう。「心の底に埋もれているものを一所懸命に掘り起こす」だの、あるいは「魂のじくじくした疼《うず》き」だの、「切れば血が飛ぶような文章」だの、聞いていてこそばゆくなるような台詞が苦手なのだ。実は、小説という女子供向けの趣味そのものも、あまり好きではない。加津子は文学部に進みたかったのに、親の意向で嫌々ながら薬学部に入れられたらしいが、それを今でも悔やんでいるのだろう。

まぁ、しかしそれは趣味の問題だ。同僚のかみさんのように、パチンコなどという低級で危険な娯楽の中毒になられるよりは、はるかに質《たち》がいい。

ただ、ちょっと閉口するのは「魂のじくじくした疼き」風の臭い言葉が加津子の口から出る頻度がしだいに高くなってきていることだ。そんなことに対して「どう思う?」と意見を求められても、彼としては生返事をするか、にやにやしながら聞き流すほかない。そして、そんな反応に妻はいつも不満げであった。

「鬼無先生と大違いね」

時には、そんな憎まれ口めいたことを言われた。

何が鬼無先生だ。たかが奥様相手のカルチャースクールの講師ではないか。鬼無幸太郎《こうたろう》だって？　どうせ自称小説家に毛が生えた程度のものだろう。その名前を世の中のどれだけの人間が知っているんだ、と言い返したくなるのを、いつもこらえた。加津子は鬼無先生がいたくお気に入りらしいから、そんなことを言うのは火薬庫で煙草に火を点けるに等しい。たちまち犬も食わない喧嘩になってしまう。いつだったか、「鬼無先生とやらの作家教室の生徒でプロになった人っていたっけ？」と皮肉っぽく言ったら、晩飯を作ってもらえなかった。あれには参った。

列車は快調にスピードをあげていく。窓外に広がる善光寺平が、どんどんと斜め下後方に沈んでいく様を、「飛行機が離陸する時のよう」とたとえた人がいたが、なかなか見事な車窓風景だ。彼は悠然とそれを眺めながら、缶ビールのプルタグを起こした。

自分たち夫婦はうまくいっているのだろうか、とふと考える。

加津子と知り合ったのは今の会社でだが、職場結婚というのとは違った。部署が違ったので、社内では顔を見た覚えがあるというだけだった。それが、とある説教会でばったりと会い、「おや、あなたも」と驚いた。同じ信仰を持っていたとは知らなかった。話してみると、どちらも真剣に信心してはいたが、説教会にまめに足を運ぶ程度で、街頭でのビラ配りを買って出るほど熱心でもない、という具合がよく似ていて、すぐ打ち解けた。同じ信仰心を持っていることで、三ヵ月の交際で不安もなく結婚を決めた。

それから七年。子供はいないが、双方ともそのことにほっとしている節があり、不満は感じていない。大きな波風がたつこともなく、平々凡々な日々が続いてきた。客観的にみて、何も思い煩う必要もないはずなのだが、一年ほど前から二人の気持ちに微妙なすれ違いが生じているような気がしだしていた。意見のずれから口論をしたり、相手のささいな言動に反発したり、というのでもなく、もっと曖昧でぼんやりとしたずれ。お互いが相手に対する愛情ではなく、関心を喪失していくような気配。ごくありふれた倦怠期《けんたい》というやつだろう、と思いつつも、どうもすっきりしない。

加津子がカルチャースクールで小説を習いだす前後からだ。もしかすると、加津子は隙《すき》間風《まかぜ》が吹き込んでいることを感じて、それから気をそらすために新しいことを始めたかったのかもしれない。おそらく、小説創作でなくても陶芸でも何でもよかったのだ。

それが、思いがけず本気になった。半年の間に短編コンテストとはいえ、二つもの懸賞小説に応募するほど入れ込もうとは。

「お前、売れっ子作家になって、俺をほっぽり出そうとたくらんでるんじゃないだろうな」

「そんなことしないから、安心しなさいよ。ベストセラーを飛ばしたら、おこぼれで贅沢させてあげる」

他愛のない冗談だ。親戚《しんせき》に手紙を書くのにも「ああ、嫌だ嫌だ」を連発していた加津子に、まがりなりにも小説もどきを書く根気と才覚があったとは意外ではあったが、ベストセラーなど夢の夢の夢にすぎない。ずぶの素人の朋彦が一読しても、出無精で世間知らずの妻の小説はとても定価をつけて書店に並べられるできではない、と判った。

加津子の書いた推理小説が世に出て、ベストセラーになるなんてことが本当になったら、自分たちはどうなるだろう？ 自己表現の舞台を得て彼女はいきいきと輝き、二人の間にも結婚当初のようなふんわりとした幸福感が回復するのか？ それならば、いい。しかし、小説が原因で自分たちの間に亀裂《きれつ》が走り、夫婦の関係が大きく損なわれる、という可能性もあるやに思う。杞憂《きゆう》だろうか？

そう、杞憂だ。気の回しすぎはよくない。

もっと素直に彼女が打ち込んでいることの応援をしてやるべきなのだ。これまでも、そうするべきだった。

今日は優しい気持ちになれる日のようだ。長野での仕事がうまく片づいたせいもあるかもしれない。

ビールを飲み干すと、まぶたが重くなってきた。彼は電車の揺れに身をまかせ、腕を組んで目を閉じる。

何て心地よいのだろう。まるで、揺りかごの中で微睡《まどろ》んでいるようだ。

名古屋が近づくあたりまで、彼はぐっすりと眠った。

2

同日、15時13分。〈ワイドビューしなの24号〉は、定刻ちょうどに長野駅を発車した。終点の名古屋着は18時17分。

15時21分に最初の停車駅の篠ノ井《しのい》駅に停まり、十数人が乗り込む。車掌は車内アナウンスを終えて、一号車から検札を始めた。席は二割ほど埋まっている。全員、長野から乗っている乗客だった。

「誠におそれいります。乗車券を拝見いたします」

そばまできてもうつむいたままの客に、彼はソフトに声をかけた。サングラスをかけた四十歳ぐらいの男だ。目を開けているのか、つぶっているのか定かでないが、不快そうに顔をしかめている。

「もしもし、お客さん？」

返事がなかった。長野を出てからまだ十分そこそこしかたっていない。こんなにころりと熟睡してしまうはずもないだろうに。真っ昼間から泥酔しているのかと思ったが、酒の匂《にお》いは漂ってない。

「お客さん、起きてますか？　……大丈夫ですか？」

車掌は、男の肩に手を置いた。軽くゆさぶっても反応がないのは、明らかに異状だ。病気の発作でも起こしているのではあるまいな、と思い、サングラスをそっとはずしてみた。

「あ!」と叫ぶ。

男の目は大きく見開かれたままだった。しかめっ面をしていたのではない。男は、苦悶《くもん》にもだえた顔のまま凍りついていたのだ。まさか死んでいるんではあるまいな、と膝の上の手に触ると、ちゃんと温かみがあった。

近くの駅に医者を呼んで、臨時停車しなくては。

電話で急を告げるため、彼はあたふたと車掌室へ向かったが、この時、13番A席の男は、すでに絶命していたのである。

もはや医者は必要ないことと、もう一つのある事実がじきに明らかになった。〈しなの24号〉は時刻表どおり聖高原《ひじりこうげん》駅に停車し、16時07分に松本駅に到着。ここで待機していた松本署の刑事、鉄道警察隊員が乗り込んでくる。本来の停車時間は一分だけだが、発車は五分遅れた。死体は降ろされず、一号車の他の乗客は隣りの車両に移される。

死亡した男の身元は所持していた運転免許証と名刺から、名古屋市千種《ちくさ》区星《ほし》ヶ丘《おか》に住む喫茶店経営者の畑不二雄《はたふじお》、三十八歳と判明した。ただちに自宅に連絡がとられる。

陣頭で指揮にたった田丸《たまる》警部は、検視が続く一号車の片隅の席で、発見者の車掌から事情を聴く。話が進むほどに、警部の表情は険しくなっていった。

「最初は急病人だと思いました。お亡くなりになっていることに気がついた時はショックでしたが、それよりも驚いたのはあれを見つけた時です。これは殺人事件なんではないか、と……」

「あれには、すぐ気がついたんですか？」

「しばらくしてからです。がっくりと首を折るような姿勢になっていたので、まず、うなじに赤い点がついているのが目にとまりました。血のようだったので、これが死因に関係しているんだろうか、と顔を寄せてみて、座席からおかしなものが突き出しているのに気づいたんです。あの針ですね。その位置がちょうど亡くなったお客さんのうなじあたりだったので、ピンときました」

「ピンときたって……まだ、それが死亡原因だとは断定できませんけれどね」

警部は慎重な態度をとったが、車掌の想像を止めることはできないようだった。

「毒針かなんかじゃないんですか？」

「さぁ。鑑定しないことには、何とも言えません。毒針を電車の座席に仕込んでおくというのは、推理ドラマとしては面白いかもしれませんけど、現実の殺人方法としては実効性に疑問がありますね」

考えていることを、すべて披露する義理はない。針に速効性の毒物が付着していたとしても、自殺ということ——特異な方法だが——もありうる。

そこで「田丸さん」と呼ぶ声がした。遺体があった席を調べていた捜査官が、緊張した様子で手招きしている。「失礼」と車掌に断って、そちらに向かった。

「何か出たのか？」

「出たよ。変なものが」

手袋をした手が差し出したのは、一枚の紙切れだった。二つ折りになっていて、上部に剝《は》がれたセロテープがくっついている。

「問題の席の下。ヒーターの上の方に貼りつけてありました。膝をついて、顔を床にこすりつけるようにして覗き込まないと見えないところです」

開いてみると、不自然なほど拙《つたな》い筆跡でこうあった。

オキノドクサマ
コノヒト、トテモウンガワルカッタ

「おい、これは、……」

警部は、声を荒らげる。

「犯人が遺していったものだと思いますね。とすると、本件は無差別殺人だった可能性があります」

「この席に座る人間なら誰でもよかったっていうのか？　胸くそが悪くなるような話だな」

警部は紙切れのメッセージを読み返す。無差別殺人だと？　憤りで、体がかっと熱くなるようだった。

「列車中のトイレとごみ箱を調べてくれ。それと、乗客全員から再度聴き取り
簡単に指示を出して、車掌のもとに戻る。

「殺しの公算が非常に大きくなりました。この電車が長野を出る前と出た後、不審な人物を見かけませんでしたか？」

「いいえ、思い当たることはありません」

「とても重要なことなので、そうあっさり答えずによく考えてください。おそらく犯人は、列車が長野駅で停車中に毒針を仕込んで、発車前に下りたんです。必ず誰かの目にとまったはずだ」

「そう言われましても、見ていないものは見ていませんから……」

車掌は困惑したが、警部はなおも詰め寄った。

「思い出すんです」

3

朋彦が尼崎《あまがさき》の自宅に帰りついたのは、八時すぎだった。駅から電話をかけなかったのだが、予定どおりの時間なので夕食の用意はできているだろう。

「ただいま」

玄関の格子戸を開けながら、奥に声を投げる。鼻をくんくんさせたが、晩飯の献立てが何なのか判らなかった。

靴を脱いで上がったところで、いつもより遅いタイミングで廊下に加津子が出てきた。

「おかえりなさい。お疲れさま」

何だか元気のないどんよりした口調だった。体調がよくないのか、あるいは自分の留守中に根をつめて小説を書いていて疲れているのか。

「変わったことはなかった？」

出張から帰ってきた時の決まり文句で、様子を窺ってみる。「何も」という短い答えが返ってきただけだった。

「顔色がすぐれないみたいだな」少し蒼い。「気分が悪いのか？」

「いいえ」

これまた、そっけない返事だった。

「心配ごとを隠してるんじゃないだろうな？」

「何でもないって言ってるじゃないの」

しつこいな、黙れ、と言わんばかりの邪険な言い方だった。せっかく、にこやかな笑みとともに帰宅したというのに、どうしてこんな出迎えをされなくてはならないのか、と朋彦も気分を害する。

「ごめんなさい。夕飯、まだできてないの。これから作るから待ってくれる？　おなかがすいてるんなら、何か出前を頼むけれど」

投げやりな調子に、彼もさすがに、むっとなった。

「八時頃に帰るって言ってただろ。支度して待ってくれてる、と思ってたんだけどな」

「だから、ごめんなさいって言ってるじゃないの。色々とあって作れなかったのよ」

「色々って？」

「何でもないわ」

「おい、どういう言いぐさなんだ、それは。俺と口をきくのが嫌なのか？」

加津子は無言のまま電話を取った。卓上メモを見て、どこかにダイアルしながら、

「お寿司、とるわね。いいでしょ？」

どういう態度なんだ、と呆れながら、彼はダイニングの椅子に座った。脱いだ上着を椅子の背もたれに掛けて、深い吐息をつく。出張から帰ってきた夫をねぎらうどころか、仏頂面で出迎えて、その説明を求めても拒む。どうしてこんなに粗末に扱われなくてはならないのか、とむかっ腹が立った。これでは、信州そばも土産話もあったものではない。テーブルの上の夕刊を広げたが、感情が高ぶっているためか、活字がろくに目に入らなかった。

受話器を置く音がして、加津子がダイニングに入ってくる。額に右手を当てて、ますます憂鬱《ゆううつ》な表情になっていた。

「ごめんなさい」

言いたいことがあるならはっきり言え、と詰め寄ろうとしたのに、予期せず謝られて拍子抜けする。

「夕方からずっと頭痛がしてたの。それで買物にも行けなくて、ご飯、作れなかった。あなたこそ疲れて帰ってきたのに、ごめんなさいね」

「ああ……そうだったのか。そりゃ、大変だったね」

こちらも怒りの矛先を収めざるをえない。それならそうと最初から言えばいいのに、と思ったが、それを言ってはまた不毛の言い合いになるやもしれない。くつろぎたかったので、黙っていた。

妻が淹れてくれたお茶を飲みながら、ぽつりぽつりと出張先であったことを話す。商談がうまくいったことやら、長野の街の印象やら。加津子は気のない相槌を打つだけで、話していて少しも面白くなかった。彼の話が途切れたところで、「ねぇ」と言う。

「帰りは、指定を取ってあった電車に乗れたのよね?」

「ああ、もちろん。だから、言ってたとおりの時間に帰ってこられたんじゃないか」

おかしなことを尋ねるな、と怪訝《けげん》に思った。頭痛のせいもあるのかもしれない。

腹ぺこなのに寿司はなかなか届かないし、会話も弾まない。他にすることもないので、彼はテレビをつける。九時前のニュースが流れていた。トップは国会関係でも国際情勢でもなく、事件のニュースらしい。中央本線の特急〈しなの〉という言葉が聞こえたので顔を上げて画面を観た。二時間ほど前まで乗っていたのと同じ型の電車が映っていた。

脱線か転覆でもしたのか、と思いきや、そうではない。あろうことか、車中で殺人事件だという。それも、座席に仕込まれた毒針による無差別殺人だと。針に塗られていたのは、煙草から抽出されたらしいニコチン。恐ろしいことがあったんだな、とひやりとする。自分が無事に家に帰ってこられたのは、幸運だったのかもしれない。妻が不機嫌だったことなど、どうでもいい。

「こわいなぁ。とんでもない奴がいるんだな。『お気の毒さま』じゃないよ、まったく。なぁ」

妻に同意を求めようとしたのだが、ちょうどチャイムが鳴ったので、彼女は立っていってしまった。「お待たせしてすみません」と出前持ちが詫びているのが聞こえる。寿司桶《おけ》を運ぶのを手伝おうかと思ったが、ニュースが気になって動けなかった。

遺体が発見されたのは三時半頃。それが殺人事件だと断定されたのは四時をすぎてからだという。それで夕刊には間に合わなかったのだろう。

長野発15時13分の名古屋行き、〈ワイドビューしなの24号〉。

自分が長野を出た一時間ちょっと後の特急だ。仕事が手間取っていたら、これに乗っていたかもしれない。朋彦は、鞄からポケット版の時刻表を出して、ページをめくる。やっぱりそうだ。〈しなの24号〉は、彼が乗った〈しなの18号〉の一本だけ後の特急であった。

妻が寿司を持ってきた時には、ニュースは次のものに変わっていた。

「聞いただろ。俺が乗ったのと、一本違いの電車で無差別殺人だってさ。運命っていうのかな。何か、命拾いをしたような気がするよ」

「無事でよかったわね」

加津子はさして感情のこもらない声で言った。同じ電車だったわけでもないのに、命拾いとは大袈裟だ、と思っているのかもしれない。

「愉快犯かもしれないって言ってたけど、極悪な通り魔殺人だろう。こんな物騒な事件は絶対に早期解決しなくちゃな。そうしないとまた犯行を繰り返すかもしれないし、便乗して真似をする馬鹿が現われないとも限らない。おちおち電車にも乗れなくなるぞ」

加津子は「ねぇ」と言う。

「あなた、たくさん食べてね。私はあんまり食欲がないから」

4

事件からひと月が経過し、八月に入っても犯人逮捕につながる有力な証拠や情報は出てこず、長野県警に設置された特別捜査本部には焦りの色が濃くなっていった。〈しなの24号〉が長野駅を発車する前も、その後も、不審者を目撃したという証人が現われないのだ。毒物は煙草から抽出されたとみられるので、購入ルートをたどることができないし、それ以外の遺留品である針と紙切れも特徴がない品のため、そこからどんな犯人像も浮かんでこない。犯人逮捕は密林に逃げ込んだ一匹の羽虫を捕らえるほど難しい、と報道関係者にこぼす捜査員もいた。また、ある捜査員は、こんな凶悪な事件の犯人を野放しにしておいていいのか、という論調の新聞を腹立ちまぎれに破り捨てた。

午後十時。

捜査会議が終わった後も、田丸警部はパイプ椅子に腰掛けたまま立とうとしなかった。彼に付き合うかのように、数人の刑事らが居残る。そして、雑談めかして会議の延長戦を始めた。

「事件発生からひと月になるのに、類似の事件が起きていないことをどうお考えになりますか？」

田丸は誰にともなく意見を求める。県警一課のベテラン刑事が、煙草をふかしながら答える。

「通り魔的無差別殺人だったら、そろそろ第二の犯行が行なわれる頃だと言いたいんですか？　それとも、本件は無差別殺人ではないと？」

どちらだと決めつける根拠はない。しかし、田丸には後者のように思えてならなかった。

「あれだけ挑戦的でふざけたメッセージを現場に遺す奴ですから、恐ろしくなって引っ込んだってことは考えにくい。マスコミの騒動もひと山越えてややトーンダウンし、新しい展開をみんなが期待していますす。面白半分の奴なら、尻がむずむずしてとっくに次の行動を起こしてるんじゃないですか。犯人がニコチン毒を自力で抽出したのだとしたら、何人も殺せるだけの量をまだ手許に持っているでしょう。凶行はたやすく実行できる。電車の座席に毒針を仕込むという同じ手口は鉄道側と利用者に警戒されてやりにくくなっているでしょうが、他の使い道はいくらでもある。それなのに動かないということは……」

「明日、動くかもな」

別の刑事が田丸に尋ねる。

「無差別殺人でないとしたら、最初から畑不二雄を狙った犯行だということですか？ それも疑問だなぁ、名古屋の関係者をいくら洗ってもちっとも当たりがないんだけどね。計画的に被害者を殺すような動機の持ち主がいないんですから」

「それにだ」と、さらに別の刑事が「事件の当日、畑が〈しなの24号〉のあの席に座ることを予測できた人間はいないんじゃないの。彼は、前日に松代《まつしろ》の親戚のところへ法事に行って、当日の正午すぎ、そこを出た。出る間際に『帰りの電車の指定は取っていない』と話していたんだろ？ その後は単独で行動してたんだから、彼があの列車のあの席に座るのは、本人も知らなかったわけだ」

「長野市内で誰かと会ったのかもしれません」

「そりゃあ、単なる想像だな。で、そいつは偶然、ポケットにニコチンの毒と針を持ちあわせていた、なんてことはないよね？」

「もちろん、ありえません。そういう人間が存在したとしたら、被害者とあらかじめ落ち合う約束をしていたんでしょう」

「存在しないと思うね。私ゃ、名古屋でさんざん話を聞いて回ったんだから。被害者の身辺はきれいだよ」

それ以上強弁する材料もないので、田丸は黙るしかなかった。

「しかしなぁ」また別の刑事が欠伸まじりに「無差別殺人か計画殺人か、なんてことを今さら議論しなくちゃならないとは、つらいねぇ。俺も、どちらにもしっくりしないものを感じるんだけどな」

どちらもしっくりしない。どちらでもなかったなら、どうなる？

田丸は思念の糸をたぐった。どちらでもないということは、どういうことか？　それは
――

「被害者は誰かと間違って殺されたということはありえませんか？　あの席は別の誰かが指定を取っていたのかもしれません」

ないない、といっせいに否定された。畑不二雄が〈しなの24号〉が発車する十分前に長野駅みどりの窓口に現われて、あの一号車13番Aの指定券を購入したことは確認ずみだ。不測の出来事があって、誰かと席が入れ替わったりはしていないのである。

「やっぱり無差別殺人でしょう、これは。畑不二雄を狙って殺せた人間はいない。あの喫茶店の主人は、『オキノドクサマ』ということだろうな」

「畜生、馬鹿野郎が」

一人が犯人を罵《ののし》る。一人が欠伸をした。

〈しなの24号〉の殺人事件から一年近くがすぎた。当初、心配されたさらなる凶行はなかったものの、捜査は完全に手詰まりとなったようで、迷宮入りとの見方が有力になっている。

5

小笠原朋彦の不安は治まるどころか、ますますふくらんでいく。あの日、自分のうなじに毒針が刺さらなかったのは幸運が味方してくれたおかげなのか、それとも妻の殺人計画が杜撰《ずさん》だったおかげなのか？

疑惑の出発点がどこだったのかは、はっきり覚えていない。彼女の細かな趣味や言葉遣いの変化から、どうやら鬼無幸太郎と不倫をしているらしい、と気がついた瞬間に、不愉快な想像が増殖を始めて止まらなくなったのだろう。興信所に依頼すれば、二人の密会現場の写真ぐらいたやすく揃えてくれるかもしれない。が、そんな現実を直視する勇気が自分にはない。ひと頃は、鬼無先生鬼無先生とやかましかったのに、ある時点からはこちらがその名前を出すと、そそくさと話題を変えてしまうのをみるにつけ、確信はますます深まっていった。

鬼無との関係が遊びではなく、本気だったら。妻が彼に離婚を言い出すことはない。彼女が信仰している宗教が、教義でそれを絶対的に禁じているからだ。いかなる婚姻も、いずれかの死によってのみ終了する、と。となれば、夫の死を渇望するしかない。

まさか、そんなひどいことは考えないだろう。仮に、胸の裡《うち》でひそかに願うことがあったとしても、殺そうと企《たくら》んだなど、非現実的もいいところだ。

そう思いながらも、彼の疑惑はなかなか払えない。〈しなの24号〉で殺された男は、哀れにも自分の身代わりになったのでは、と思えてならない。週刊誌によると、被害者の座席はまさに一号車13番Aだったというではないか。

もしも、あれが自分を狙った犯行だとしたら、どうなるか？　朋彦は繰り返し考えた。加津子は彼があの日、〈しなの18号〉一号車13番Aの席に着くことを知っていた。彼が事前に購入した指定券を見るチャンスがあったからだ。そこに座る夫を、大阪にいながらにして毒殺する方法はないか、と思案して、一つのトリックを思いついたのではあるまいか？

当日、〈しなの18号〉のあの席に朋彦が座る前に毒針を仕込んだのだとしたら、それは長野駅で行なったのではない。何故なら、列車がホームに入線するのを待ちかまえていたとしても、気の早い夫がすでにホームに立っているかもしれないからだ。多少は先んじたとしても、もしも顔を合わせたりしたら説明のしようがない。そうであるなら、〈しなの18号〉がホームに入るより先に細工をしておけばいい。といっても、JR職員に変装して車庫に潜入するのではない。あの電車が〈しなの18号〉になるより以前に、つまり別の電車として運行している間にことをすませてしまえばいいわけだ。午後二時すぎの特急なのだから、それまで車庫でのんびり休んでいるはずがない。

加津子はそう考えて、朋彦が座る席にあらかじめ罠《わな》を仕掛けた。それが、何かの間違いで列車が一本ずれてしまったのかもしれない。そして、畑不二雄が犠牲になった。ありうることか？　時刻表を仔細《しさい》に見ていくうちに、朋彦は「ありうる」という答えに至った。

事件の舞台になった上り〈しなの24号〉は、15時13分長野発。この列車の前身は、それより少し前に長野駅に到着した下り列車のはずだ。該当する列車は何かと検討してみると、まず、14時57分着の〈しなの17号〉が候補にあがった。〈しなの24号〉の発車時刻との間は十六分。新幹線に比べれば編成の規模はずっと小さいとはいえ、車内清掃その他をするのに、十六分というのは余裕がなさすぎるように思う。

その一本前の下りが正解だろう、と見てみると、そこにあったのは13時59分着の〈しなの15号〉。そう、朋彦が〈しなの18号〉に荷物を置いて、キヨスクで買物をしている時に入ってきた、あの列車であった。一日にたった一本、大阪から長野に直通している列車。大阪を出るのは9時8分。

加津子はその〈しなの15号〉一号車13番Aの指定席を取っていたのかもしれない。そして、大阪駅から乗り込んで毒針を仕込み、無差別殺人を匂わせるため『オキノドクサマ』などと書いた紙切れを座席の下に貼りつけ、京都ででも下りて引き返した。手際がよければ、大阪駅で停車中にすませることもできただろう。発券された席に客がいなくても、車掌がことさら不審に思うことはない。死を約束された危険な席は空のまま、〈しなの15号〉

は長野に到着する。加津子のもくろみでは、ここで列車は朋彦が乗る〈しなの18号〉に変身するはずだったのだが、現実はそうではなかった。〈しなの18号〉として走るのは別の車両であり、それは罠を仕掛けた〈しなの15号〉が長野に着いた時、すでに二つ隣りのホームで待機していたのだから。

かくして、朋彦は危ういところで難を逃れ、何の関係もない畑不二雄が倒れた。朋彦は時刻表を閉じて、そんな悲惨な間違いが生じる余地があったか否かを考える。答えは「余地があった」だ。

出無精で世間知らずの加津子。彼女は、特急列車というものは、終点に着くとごみをホームに下ろし、乗務員が交替したら、さっさと折り返すものと思っていたのだ。〈しなの15号〉の到着時刻と〈しなの18号〉の発車時刻との間の八分間という微妙な時間は、折り返しが可能と彼女に信じさせるのに充分だったのだろう。

まるで、推理小説のようなトリック。加津子が時刻表をこね回して、そんなトリックを考え出したりしたのか？——推理小説のネタを探していたのかもしれない。小説に使おうとして、いや、これは現実に利用できるかもしれない、と思い直したのかも。

毒物はどうやって手に入れた？——煙草から採取した、と報じられている。薬学部出身の加津子なら、面白半分にでもできたのではないか？　これまた、最初は小説を書くための実験から始まったのかもしれない。

悪夢のような想像は、どこまでいっても途切れない。誰かにこの疑惑を聞いてもらいたくても、相手がいなかった。もし、この仮説が的中していたら、加津子はあらたな方法で自分を襲うのではないか、と不吉な思いにとらわれ、耐えかねて加津子を問い質《ただ》そうとした矢先に——

鬼無幸太郎の名前が、新聞紙上で躍った。女子中学生を相手に買春まがいの行為をしたことがばれ、逮捕されたのだ。加津子はショックのあまり一週間ほど寝込んだ。敬愛していた偶像が墜《お》ちたことを悲しんでいたのか、女として裏切られたことを嘆いていたのか、朋彦には判らなかった。不倫があったのかなかったのか、いずれにせよ、彼女と鬼無との関係は消滅した。

「俺を殺そうとしたことがあるか？」

その言葉を、彼は封印することにした。何故なら、やはり妻を信じたかったから。やはり愛していたから。

彼女が悲しみに打ちのめされているのを不憫《ふびん》に思い、朋彦は有給休暇を取って、ずっとそばについてやった。加津子は「ありがとう」と涙を流した。

そんな夫の愛情の助けもあっただろうが、加津子を立ち直らせたのは、ゴールドアロー賞なる新人賞受賞の報《しら》せだった。めざしていた推理小説で、彼女は金的を射たのだ。

6

「私、すごく幸せ」

授賞式に続くパーティで、ほんのり頬を染めながら加津子は言った。シャンペンのせいではなく、興奮で上気しているのだろう。誇らしいほどに、美しい。こんなに華やかな笑みが似合う女だとは、今まで思っていなかった。

「あなたの協力があったから獲《と》れたのよ。それと信心のおかげかしら」

「君は推理小説を書く才能があったんだね。トリックが素晴らしいって、色んな人が褒めてるよ」

「詰めが甘い、と言ってた審査員の先生もいたわ」

そんなやりとりをしながら、朋彦は背筋がぞくりとする。打ち消したはずの疑惑が、また頭をもたげかけたからだ。

彼女の担当編集者だという男が、するすると近づいてきた。

「なーんだ。こんな隅っこにいたんですか、小笠原さん。捜してたんですよ。あっちで鴨《かも》居《い》先生がお話ししたいって、ラブコールしてますよ。――ご主人、ちょっと奥様をお借りします」

「あなた、何か飲んでたら。――鴨居先生がハンサムなのは知っていましたけれど、実物は写真の何倍もいいですね。まだ独身でしょう?」

加津子の背中が人込みの向こうに消えていった。それを見送りながら、朋彦は考える。

一年前の事件は忘れてしまおう。妻に不実があったのかなかったのかは、もう自分にも問うまい。〈しなの〉を利用した殺人トリックだなどと考えるものか。〈しなの15号〉が〈24号〉になる、という列車運用そのものについても、確認していないのだし。たとえ自分を殺そうとしたのだとしても、加津子を失う気にはなれない。

すべては、すんだことだ。

しかし——

シャンデリアの下で、端正な顔立ちをした鴨居某に握手を求め、頬を染めている加津子を見て、一抹の不安を覚える。

自分はまだ、危険な席に座っているのだろうか？

パテオ

しばしばパーティが苦痛になる。酒に弱い私は、学生時代のコンパもサラリーマン時代の歓送迎会や忘年会も苦手だった。しかし、今宵《こよい》は酒を無理じいされるわけでもないのに、どうにも居心地がよくない。

食べ残しをのせた皿を持ったまま、私は所在なく佇《たたず》んでいた。頭上には人間が乗って揺すってもびくともしないであろう大きなシャンデリアが虹色に瞬《またた》き、四方から楽しげな歓談の声やらいくつもの笑い声やらが聞こえてくる。自分と同じように身を持てあましている人間もいるのではないか、ときょろきょろしたが、お仲間はいないようだった。

やれやれ。こんなことなら、地方都市から泊まり掛けでのこのこやってくるのではなかった、と軽く後悔しかけたところで、ぽんと肩を叩かれた。

「相変わらずオレンジジュース？」

水割りのグラスを手にした鴨居《かもい》だった。頭ひとつ分ぐらい長身の彼に見下ろされるような恰好になっている。おまけに相手はいかにも高そうなデザイナーズ・ブランドのスリーピースでめかし込んでいるため、こちらも決して安物ではないジャケットに身を包んでいるというのに、かなり風貌《ふうぼう》に差がついてしまっている。さらに、鴨居は溌剌《はつらつ》とした若大将風、同い年のくせに私はどちらかというと老《ふ》け顔ときた日には……。

「珍しいね。東京までパーティに出てくるなんて。虻田《あぶた》さんはこういう場はあんまり好きじゃないのかと思ってた」

「好きではないんだけれどね」

来月発売の新刊の最終打ち合せのために出てきて、「たまには文芸倶楽部《クラブ》のパーティに行ってみませんか。上京してきたついででしょ」と担当編集者に誘われてやってきた次第だ。その編集者と一緒だったのは会場に入ったところまで。来賓の挨拶や乾杯の音頭の前に、売れっ子作家のところに「どうもどうも」と言いながら飛んでいってしまった。せめて彼が相手を務めてくれていたら、身の置きどころがないような思いをしなくてすんだのに、薄情なものだ。

「話し相手がいなくて困ってたんだよ」

私は正直に言った。鴨居はまた馴々《なれなれ》しく肩を叩く。

「あっちにみんないるよ。綿貫《わたぬき》君もえっちゃんも。遅れて入ってきたから隅っこで固まってんだ」

そちらに目をやると、なるほど知人たちの顔が見えた。えっちゃんこと、渋谷《しぶや》越美《えつみ》が私に気づき、こちらにいらっしゃい、と大きな身振りをした。鴨居に背中を押されるようにして、私は足を運ぶ。

「虻田さーん、お久しぶりー」

越美は甲高い声で迎えてくれた。胸許が開いた真っ白いパーティ・ドレスがまぶしい。いや、まぶしいのは胸の谷間やドレスだけではない。去年から今年にかけて、彼女が大きな賞を立て続けに獲《と》っているせいもあるだろう。デビューしたのはほとんど同じ時期だったのに、ここにきて完全に水をあけられてしまった。もっとも、彼女の方では最初から私など歯牙《しが》にもかけていなかったかもしれないが。

「東京にはいついらしたの？　お仕事で？　それとも遊び？　文芸倶楽部のパーティでお会いするのは初めてよね」

薔薇《ばら》色の頬に可愛いえくぼが浮かぶ。私はちょっと、どぎまぎした。

「こんな華やかなパーティは初めてです。何ごとも経験と思って、きてみたんですよ」

「ご無沙汰してます」

傍らで笑みを浮かべていた綿貫が言う。彼はカジュアルなセーター姿だった。越美とのやりとりの切れ間ができるのを待って、するりと言葉をはさむところがスマートだ。この春、ある賞を越美と同時に受賞している彼は、将来を大いに嘱望《しょくぼう》されている気鋭の推理作家だった。近い時期に私と同じ雑誌のコンテストに佳作入選したことがある男だ。編集者に紹介してもらって知己になったのだが、私は推理小説には関心がなく、その方面に疎いので、彼の作品は短編の一つも読んだことがない。それでも、創作の一般論について語り合い、大いに盛り上がったこともある。「またいつか」と言ったその続きをやることは、ちょっと難しくなった。彼の方が偉くなってしまったもので、気の弱い私は腰が引けてしまいそうなのだ。綿貫自身には、彼我の作家的ポジションの差を鼻にかけるそぶりなど、これっぽっちもないのだが。

「ご活躍ですね」と私は本心から言う。

「いやぁ、どうにかこうにかですよ。来月から週刊誌の連載なんか引き受けてしまったもんですから、大変です」

「週刊誌って、きついんだからねぇ」経験のある越美が脅す。「途中で何回かピンチがくるだろうから、神経性胃炎ぐらいは覚悟しておいた方がいいわよン」

「嫌だなぁ。柄にもない仕事、受けなかったらよかった」

綿貫が渋い顔をするので、みんなはけらけらと笑った。別におかしくもなかったのに、私も付き合いでにこにこしてみせる。

「虻田さん、お料理召し上がった？　何でもよかったら、見繕って取ってきましょう。お寿司なんかどうです？」

越美が言うので、私はいえいえと辞退した。作家としても女性としてもこんなに輝いている人にそんなことを頼むのが、どうにももったいなく思えたのだ。私は自分で取りに行くことにした。

短い列に並び、にぎりを盛った皿をもらって鴨居たちのところに戻ると、メンバーが少し入れ替わっていた。越美が抜けて、かわりに垣内雄三《かきうちゆうぞう》と日野《ひの》ミチルが談笑の輪の中にいた。きれいな白髪をオールバックになでつけた垣内雄三は、彼の名前が小説誌の広告に載らない月はないというほどの売れっ子風俗作家。日野ミチルのある新人文学賞の受賞作『サロメの誘惑』は評論家の絶賛を浴びるとともに、ベストセラー・チャートのトップをひと月も維持していた。彼女はまだ女子大生で、掛け値なしに可憐《かれん》な美貌の持ち主という こともあり、秋の読書界の話題をさらっている。大御所と大型新人とのご対面だ。

「こちらは虻田克也《かつや》さんです」鴨居が私を二人に紹介してから「虻田さん。垣内先生とは面識がおありでしたね。日野さんとは初対面じゃないかな。このおきれいな女性が、本物の日野ミチルさん」

「はぁ」

惚《ほう》けたように頼りない声を発する私に、ピンクのワンピース姿の彼女は「日野です。初めまして」と一礼した。「よろしくお願いいたします」とも丁寧に言う。

「はぁ、こちらこそ」

ようやく返す私とは別の方角を向いて、垣内は「ところで」と鴨居に話しかける。

「君は今、どんなものを書いてるんだい？　噂によると、力瘤《ちからこぶ》を入れて大作に挑んでるということだが」

「すごく気合いが入ってるんです。でき上がったら、完全にずっこけてた、ということにならないか心配なんですけど」

「気合いが入ってるんなら、いいものができるだろう。君はずっとうまい小説を書いてきたけれど、そろそろ後世に遺るような傑作をものす、と私は予想してたんだ。その時がきたんだよ」

「だといいんですけれど」

照れたように頭を掻きながら、鴨居は幸せそうである。大家に励まされたこともさることながら、目下、執筆中の作品に確かな手応えを感じているのだろう。

「日野君も、いきなり第一作であれだけのものを書いてしまうと、次が大変だなぁ。ちょっとやそっとのものを出しても、みんな不服そうな顔をするだろうからなぁ。これは試練だよ」

「はい。……一生懸命に書くだけです」

ミチルは細い声で言う。垣内は、可愛くてたまらんな、というふうに相好を崩して金歯を見せた。それから、おもむろにこちらに向き直る。しかし、視線の先にあるのは私ではなく、隣りの男だった。

「ところで綿貫君。君の『影の館』な、このあいだようやく読んだよ」

綿貫は「それはどうも」と応える。

「最近は、よほど評判にならないと推理小説は読まないんだけど、あれは知り合いの作家も編集者もみんな薦めるんだ。それで、どれどれと読んだんだけど、いやぁ、噂に違《たが》わぬ傑作で感服したよ。トリックが斬新《ざんしん》で素晴らしいだけじゃなく、全編を覆うペシミスティックな情念のゆらめきが凄絶《せいぜつ》なほどうまく描かれていたね。お世辞じゃなく、十年に一度の傑作だと思うよ」

「過褒《かほう》です、先生」

綿貫は軽く頭を下げた。

「若い君たちに負けないように、私も老骨に鞭《むち》打ってがんばるよ」ちらりと腕時計に目をやり「今夜はこのへんで失礼しようかな。明日から取材でアメリカに行くのでね。――じゃ、また」

私たちは「失礼します」「取材、お気をつけて」と口々に言って、垣内を送った。

大家はなかなか上機嫌のようだったが、私にはひと言も声をかけてくれなかった。眼中にない、ということなのだろう。まぁ、あのセンセの金歯を拝見しても胸がときめくわけでもない。

「ねぇ、虻田さん。この後に何か予定あるの？」

鴨居が訊く。部屋に帰って寝るだけだ、と私は答えた。

「何だ、ここに泊まってるのか」

「今晩だけさ。編集の人が親切心で取ってくれたんだよ」

本当なら定宿にしているもっと安いホテルに泊まりたかったのだが、たまには贅沢もいいか、と自分に言い聞かせていた。今夜は遠方からきている大勢の人間が泊まり、このホテルは作家だらけになるらしい。

「じゃあ、時間はたっぷりあるんだ。パーティが終わったら、ここの地下のバーにでも行かない？　えっちゃんもくる。齢が近い仲間だけで、おしゃべりしようよ。近況報告と情報交換と時事放談。――齢が近い仲間だけと言っておいて誘うのは失礼かもしれないけど、よろしければ日野さんもご一緒に」

少し逡巡《しゅんじゅん》する私より先に、ミチルが「はい」と返事をした。

「いいですね」

華々しい活躍をしている彼らの中に混じると、ぱっとしないおのれの立場を噛みしめさせられるだけなのではないか、という気もしたのだが、私は結局、誘いを断らなかった。このまま部屋に帰れば、パーティに出て面白くもなかった、という思いしか遺らない。バーでもジンジャエールぐらいしか飲めないが、気心の知れた彼らと雑談を交わせば、いくらか和めるのではないか、と考えたのだ。鴨居も越美も綿貫も、決して自分の成功をいやらしく誇示するような人間ではないから、その点は安心だ。

それに、東京で最後の夜ではないか。二人の美女、越美とミチルが一緒なら楽しいかもしれない、という気もあった。

＊

私たちは、鰻《うなぎ》の寝床のようなバーの奥に押し込まれた。こんな窮屈なところはかなわない、と思ったが、いったん落ち着いてしまうと悪くなかった。隣りに越美がぴたりと寄り添い、向かいにはミチル、という席に着けたせいもある。店内の照明は非常に暗くて、テーブルに埋め込まれたライトの明かりがめいめいの顔を斜め下からほんのりと妖《あや》しく照らすだけだった。オーダーした飲み物が届く頃には、私たちは最近の映画の話題などで軽く盛り上がっていた。

「虻田さんは、作家になってしばらく東京にいらしたんですね?」

自分の分のコークハイを作りながら、ミチルが訊いてくる。

「ええ。郷里の両親が揃って体をこわしてね。長男なもので、ほうっておけなくて帰ったんですよ。出版社の人とも一応は顔をつなげていたし、小説家ならば地方都市暮らしでもやっていける商売だし」

「昔ならいざ知らず、今は地方に住んでてもハンデなんかないものな」

鴨居が断言する。

「まぁね。原稿はファックスするか、フロッピーディスクを宅配便で送るだけだから、不便なことはない。街に出ればそこそこでかい本屋もあるし」

「ねぇねぇ」越美が「虻田さん、前にエッセイで書いていたじゃないの。裏山の展望台まで往復するのが散歩のコースだって。いいなぁ、羨ましいなぁ、と思った。空気もきれいだろうし。私んちなんて、バルコニーに洗濯物を干すのもためらうぐらい空気が汚れてるんだもん」

「遊びに出るのに都合がいいところ、を第一条件にマンションを選ぶからですよ」

綿貫に言われて、「うわ、図星」と彼女は笑いこけた。

「地方暮らしのいいところは、雑音が耳に入らないことじゃないかな。こっちにいると会いたい人とすぐ会えて付き合いには便利だけど、愉快じゃないことも聞こえてくるからね。善し悪しだ。いや、悪いことの方が多いかもな」

鴨居がぼやいてみせる。まるっきり嘘でもないのだろう。私には、どちらがいいかなど実感がない。

一座の五人とも、東京出身ではなかった。ひとしきり郷里の話に花が咲き、ますます場が和む。

「さっき垣内先生が言ってたけどさ」

「ん？」

越美が鴨居に話しかける。酔いが回って、少し舌足らずな口調になっている。

「鴨居さん、すごいの書いてるみたいね。私も編集の人に聞かされたわよ。『とんでもないのができるかもしれない』って」

「『かもしれない』だろ？　脱稿してみるまで、海のものとも山のものとも判らないよ」

「またまたぁ。仲よしグループが集まってるところなんだから、正直にしゃべりなさいよ。友だちなくしちゃうよ」

「もう、泣く子とほろ酔いの美人にはかなわないよなぁ」

「ネタは割れてるのよ。今度、北朝鮮に取材に行くんですって？」

鴨居は、ちっ、とわざとらしい舌打ちをした。

「さてはバンちゃんが情報をリークしたな。まったく口が軽い男なんだから。――ああ、そうです、行きますよ。そこまでばれてるんなら言っちゃう。実は、北朝鮮を舞台にしたハードボイルドを書こうとしてるの。ダシール・ハメットっぽいタッチで書きたいテーマがあったんだけど、現代の日本みたいな生ぬるいところを舞台にしてたら、虚仮威《こけおど》しだらけの器用なやくざ小説にしかならないだろ？　それでなかなか形にできなかったんだ。ようやく突破口を見つけて、突っ走ることにしたわけだよ。北朝鮮籍の夫についていった日本人妻にインタビューする伝手《つて》も得てあるんだ」

「ハードボイルド？　へぇ、鴨居さん、そんな手を使うんだぁ」

越美が感嘆する。これまで危険な香りのする恋愛小説を得意としていた彼がそんなものを書こうとしているとは、私にも意外だった。しかし、うまいところに着眼したな、とも思う。

「うーん、読みたいなぁ、それ。いいよ」

綿貫がうなっている。鴨居は苦笑した。

「読みたいもいいよもないよ。プロットも話していないのに、調子よく合わせてくれるねぇ。編集者に向いてるんじゃないの、綿貫センセ」

「私も読みたいです」

ミチルがぽつりと言う。これには鴨居も素直に「ありがとう」と応じた。

「何だか知らないけど、僕も面白そうだと思う」私も率直に言う。「北朝鮮が舞台のハードボイルドなんてアイディア、どこから思いつくのか不思議だよ。そういう閃《ひらめ》きが自分にもあればいいのに」

「びっくりするようなアイディアでもないだろ――と謙遜《けんそん》したいところだけど、本当のところ、これを思いついた時は声をあげたよ。俺が温めていたテーマの前に立ちはだかっていた難問が、いくつもはらはらと解決したんだ。と同時に、物語に絶対に必要だ、という人物造形もできた。笑われることを承知して言うと、その瞬間は信じられないような思いで、俺って天才だ、と叫びたかった」

　どんな作品なのか皆目判らなかったが、これは傑作になるな、と私は確信した。論理的な根拠はないが、作家がここまで自信に満ちたことを言うのはよほどのことがあってだろう。たとえ、彼がかなり酔ってしゃべっているとしても、だ。

「いいわねぇ。そんなアイディアって、どんな時に降ってくるのかしら。創作の秘密を分けてちょうだいよ」

　越美が甘えたような声を出す。鴨居がどうあしらうかと思いきや――彼は急に真顔になっていた。それに反応して、みんなが黙る。暗い店内に流れるピアノの音が、私たちの間をたゆたい泳ぐように通り過ぎた。

「夢で見たんだよ」

　鴨居は真剣な目をして呟く。

「パテオの夢で」

　私は「え?」と訊き返していた。アイディアを夢の中で拾った、ということは判ったが、パテオが何のことやらピンとこない。

「パテオって……中庭のこと?」

何故か越美が声を低くする。

「ああ、そうだよ。アルハンブラ宮殿の中庭みたいなもの。いや、もっと広々とした感じのパテオだけど」

綿貫は呆気《あっけ》にとられたように、ぽかんとしていた。ミチルも固まってしまっている。妙な雰囲気になった。

「ひと月ほど前に、不思議な夢を見たんだ」

鴨居はブランデーの水割りで喉を湿らせてから、ゆっくりと話し始めた。

「青山で芝居を観て、遅く帰ってきた日だった。酒が入ってたし、急ぐ仕事もなかったので、すぐにベッドにもぐり込んで、ころっと睡《ね》てしまった。浴槽の栓を抜いたら、水が渦を巻いて排水溝から出ていくだろ。あんな感じで眠りに吸い込まれていったんだ。そうしたら、こんな夢を見た」

ミチルが体を乗り出し、テーブルの角でごつんと膝を打った。

「俺はベンチに腰掛けていた。二人掛け程度の小さなベンチで、白いペンキできれいに塗ってあった。地面は煉瓦敷きなんだけど、その煉瓦も真っ白。最初に目に入ったのは、自分の靴の先っぽと、その煉瓦敷きだった。どこかでちろちろと水が流れる涼しげな音が聞こえていた。

はて、ここはどこだろう。そう思いながら顔を上げてあたりを見渡すと、パテオなんだ。広俺は建築に詳しくないので、スペイン風だとかモロッコ風だとか的確に表現できない。広さは、そうだなぁ、一辺が三十メートルぐらいの正方形をしてたか。一隅に黒い鉄製らしい門があったけれど、それは大きく開いていた。門の向こうには、植え込みのものらしい濃い緑しか見えない。その空間を取り巻いているのがどんな建物だったのかは、はっきりした記憶がない。黒い瓦《かわら》屋根の日本家屋でなかったことは確かだけれどね。貧困な俺の想像力の産物だから、どうせ疑似地中海式の無国籍な家だったんだろうさ。パテオの中央には、これまた白い噴水があった。小さな子供が十人ぐらい水遊びできそうな大きさで、金色の唐草模様みたいな豪華な装飾が施してあるくせに、噴き上がってる水の高さはせいぜい十センチぐらい。さっきから聞こえていたちろちろというのは、そいつの音だったんだ。

俺が座っているベンチは正方形の一辺の中ほどにあって、そこからだとパテオ全体がよく眺められた。噴水の周囲を同じようなベンチがいくつか取り囲んでいた。パテオのあちらこちらの隅にも、不規則に点々と。そのうちの遠い一つに、年寄りくさい地味な服を着た女が腰掛けていた。ちょうど、俺のおふくろぐらいの年恰好の婦人だ」

斜め下からの明かりに照らされて、暗がりの中に、異様にくっきりと陰影がついた鴫居の横顔が浮かび上がっている。

「誰だろう、と目を凝らした。見知らぬ女だ。彼女は腰をくの字に折って、うな垂れていた。時折、肩が揺れる。寒さで顫えているのかと思ったが、そうじゃなくて、彼女はすすり泣いていたんだ。どうしたんだろう、と俺の好奇心が頭をもたげた。かといって、そばに寄って『どうしました?』と尋ねるのも躊躇《ためら》われる。俺は、ただ彼女の様子を見守っていた。何か事態に変化が訪れるのを待つように。

すると――それはすぐにやってきた。開いた門の向こうから、誰かがやってきたんだ。ぼさぼさの長髪をした若い男らしかった。コートの前をはだけて、靴音を高く響かせながらパテオの中央に進んでいく。近くになるにつれ、ひどく暗い、すねたような目をしていることに気がついた。友人にしたくないタイプではあったけれど、それでいて人の心を惹きつける何かが、その目の光にあった。こいつは何者だろう、と興味を覚えながら、俺は男に注目した。男は、俺から九十度そっぽを向く恰好で、噴水の傍らのベンチに掛け、そのまま動かなかった。そして、そのまま長い時間が流れた――ような気がする。

何も起こらないじゃないか。退屈しかけた頃合に、また新たな人物が登場した。竹製の鳥籠《とりかご》を手にした初老の男だ。籠の中でがさごそ動いている影は鳥ではなく、どうやら小さな猿のようだった。

猿を籠に入れて歩いてるなんて、どういうつもりなんだ、と男の様子を窺っていると、彼はやがてぽつりとこう呟いたんだ。『ウイチョル、お前は自分の母親や姉がどんな辛酸をなめているか気にかけもしないのか？』と」

「ウイチョルって？」

越美が静かに尋ねる。

「何のことか判らなかった。けれど、コートを着た長髪の男が、唾を吐いたんでぴんときた。ウイチョルというのは、彼の名前だったのさ。そんな名前、俺は聞いたこともないんだけれどね。ウイチョルは猿を連れた男の問いかけを黙殺しようとしていた。すると、重ねて年嵩《としかさ》の男が言うんだ。『お前の母親は泣いて過ごしている。姉は、行方さえ知れない。父親がどうなったかは……手紙で読んだはずだな』。彼の背後で、すすり泣く女の声が高くなった。それに苛立ったように、ウイチョルは、ちっと舌を鳴らして、『俺には関係がない』とだけ掠《かす》れた声で答えた。年嵩の男は表情もなくそれを聞いてから立ち上がると、彼の方に歩み寄って、その傍らに猿が入った籠を置いた。『お前のだ』と言いながら。まるで事情がつかめず、俺は混乱しながら傍観を続けた。彼らの目には、俺の姿は映っていないようだった。ふと気がつくと、いつの間にか、新たな人物がパテオの中に出現していた。両膝をすりむいた腕白そうな半ズボン姿の男の子だ。利発そうだけど、どこかひねくれた光を宿した目をしている。ああ、この子は少年時代のウイチョルなのか、と俺はじきに理解した。年嵩の男は青年のウイチョルから離れ、少年に声をかける。『猿のおじさんだよ、覚えてるだろ？』。少年は頷いてから臆《おく》するそぶりも見せずに言う。『おじさん、お母さんのことが好きだったんだってね』。年嵩の男は、微《かす》かに哀しげな笑みを浮かべながら首を振った。『おじさんとお母さんはとても仲よしだったけれど、そんなんじゃないんだ。話してあげようか？』。少年はまた頷く。そこへ『私にも聞かせて』という声が割り込んだ。見ると、年嵩の男がパテオに入ってきて最初に掛けたベンチに、今は若い女が座っていた。高級ブティックで揃えたようなパンツルックできめたその女の目許は、ウイチョルとそっくりだった。彼の姉らしい。年嵩の男は、噴水の縁に尻を落として、長い物語を始めた。それは……」

立て板に水のようにまくしたててきた鴨居は、そこでがっくりとうな垂れた。そして、下を向いたまま、話を続ける。

「それは、夢のほんの始まりにすぎなかった。年嵩の男の話が終わると、今度はどこからともなく父親が現われて語り、次には姉が、母親が、そして青年のウイチョルが自分の物語をした。それでおしまいだったんじゃないよ。まだ半ばでもない。パテオには色んな人間が順に入ってきて、物語は輪郭を明らかにしていったばかりか、次第に前に進みだした。それは何というのか……芝居を観ているような按配《あんばい》だったのでもない。映画とも違う。もちろん、現実の他人の会話を盗み聞きしているのとは、似ても似つかない体験だった。一つだけはっきりしているのは、この長い長い夢から目が覚めた時、俺は小説として書くべき材料を得ていた、ということさ。これを書かずに死んでたまるか、という物語だ。俺は夢の記憶がぼやけてしまわないように、すぐにノートにメモをとった。そこでも妙なことに、夢に見た物語はおぼろになっていくどころか、いつまでも明晰《めいせき》なままなんだ。焦ることもなくすべてをメモすることができた。興奮したよ。胸の中心に灼《や》けた鉄棒を差し込まれたみたいに熱くなって、がむしゃらに書いた。結局、メモを完成させるのに、その日一日費やした」

「それが」私は尋ねた。「今度の大作になるんだね?」

「そう。すごいのを書いている、と噂していただいて満更《まんざら》でもない気分なんだけれど、実のところ夢のお告げを紙に写しているだけなんだ。まるで、誰かの下僕になって働いているみたいなもんじゃない？」

　私は、いやいやと否定する。

「下僕だなんてとんでもない。素晴らしいことじゃないか。インスピレイションというか、啓示というか、そういうものが降りてくるというのは、君に才能があればこそだろう。いい話だと思うよ」

　そうですよね、と同意を求めるために日野ミチルを見ると、彼女は口をぽかんと開いたままだった。先輩作家の突飛な話に呆然《ぼうぜん》としているのだろう。無理もない、と納得しかけたのだが、次の瞬間に、彼女は思いがけない言葉を発した。

「それに似たことが……私にもあります」

「ほぅ」私はのけぞって見せて「似たことと言うと、夢の中でプロットとか人物の造形ができたということですか？」

「はい。……いいえ」

　ミチルは軽い寒気を感じたのか、微かに全身を顫わせた。返事は意味がつかめない。

「初めて本にしていただいた『サロメの誘惑』という私の作品も、鴨居さんと同じように、見た夢をそのまま小説にしただけなんです。その夢にも……パテオが出てきました」

「パテオって、まさか同じパテオのわけはないでしょう？」

　そう尋ねた時まで、まだ私は笑っていた。

「そっくりなんです。私の夢に出てきたパテオと、鴨居さんのお話のパテオは、まったく同じものだと思います」

あまりにも真剣な顔で言うものだから、私はそんな馬鹿な、と打ち消すことができなかった。

「信じられないかもしれませんが、そうなんです。私の夢では、そのパテオに首のない男性と女性の亡霊が現われました。二人は切られた自分の首を手に持っていて、その首同士が会話を交わすんです。長い長い物語を聞かせてくれました。噴水のある不思議なパテオでした。白い煉瓦敷きの中庭。同じ場所に違いありません」

ミチルは重ねて断言する。鴨居の反応はというと彼も大いに驚いたようで、彼女の顔をしげしげと見上げていた。

「ちょ、ちょっと待ってよ。そんなことはあり得ないでしょう。そもそも、写真を見せられたわけでもないんだから、鴨居さんのパテオの描写があなたの夢のパテオの情景にもあらかた当て嵌まる、というだけのことじゃないのかなぁ。そうでなければ……もしかして、お二人の夢に現われたパテオには共通のモデルが存在するのかもしれない。たとえば、同じ雑誌で見たパテオの写真が頭の片隅に遺っていて、そのイメージがふくらんだんだとしたら、ごくごく似たような夢を見ることも不思議ではないかも。——うん、これって名推理かもしれないぞ。ねぇ、綿貫さん？」

推理作家の意見を聞こうとした。が、綿貫の様子もおかしかった。眉間に深い皺を寄せて、頭に拳《こぶし》を押し当てている。やがて——

「パテオを囲んでいる家の一角に、小さな塔はありませんでしたか？　塔そのものは死角になって見えないんですけど、そいつの影が、噴水の近くまで伸びている……」

一座の全員が息を呑《の》む気配がした。

「ええ、ありました！」ミチルが叫ぶ。「綿貫さんは、どうしてそんなことをご存じなんですか？　もしかして、もしかして——」

彼女は今にも泣きだしそうだった。鴨居はネクタイをゆるめながら、額に浮いた汗を拭《ぬぐ》う。

「まいったな。俺の夢のパテオにもそんな影があったよ。言われて思い出した」

綿貫は「そうか」と言った。

「そうかじゃないよ。君もパテオの夢を見たのか？」

鴨居はウィスキーをストレートで呷る。酔わずに聞けるものか、とでも言いたげに。

「見た。一度だけだ。僕の夢のパテオには絞殺死体が三体転がっていてね。そいつを巡って探偵やら刑事やら胡散《うさん》臭い容疑者たちが侃々諤々《かんかんがくがく》とやりあってくれたよ。聞いていて、頭がくらくらするような推理の応酬の果てに、驚天動地の結末がくるんだ。目が覚めた時は、興奮で発熱しそうだった。もちろん、すぐにメモにとって小説に仕立てたさ。それが、さっき垣内大先生にお褒めいただいた作品というわけだけれどね」

照明のかげんか、彼の顔色はよくなかった。幽霊に会ってしまったかのように、蒼ざめて見える。それは鴨居も似たようなもので、ミチルは本当に泣きだしてしまっていた。

「いやぁね。冗談はやめましょうよ」

不意に越美の快活な声がした。

「いつ口裏を合わせたの？　そんな馬鹿なことがあるわけないじゃないの。私や虻田さんをびっくりさせようっていう魂胆でしょ」

その屈託のない言い方に、私は少し安堵した。この上、越美までが「実は私も」と告白を始めたら気味が悪くてかなわない、と不安になりかけていたからだ。それに、なるほど、彼らが示し合わせてパテオの夢の話を捏造《ねつぞう》したというのは、実に合理的な解決に思える。

しかし、三人は黙りこくったままで、越美に図星を指されて照れ笑いをするでもなかった。私はどんな態度をとればいいのか判らなくなってしまう。越美もやれやれというふうに溜め息をつき、座は白けた。

「何時かしら」越美が腕時計をちらりと見る。「あら、もう十一時過ぎてるのね。私、このへんで失礼しようかな」

ひどく唐突な感じだった。雰囲気がおかしくなったので、お開きにしましょう、という提案なのかもしれない。そんなニュアンスを察知したのか、「じゃあ、そろそろ」「そうですね」と鴨居や綿貫も言いだす。話が中途半端なことなど、忘れてしまいたそうだ。

夢の話の結末がついていないことが不満ではあったが、私もお開きに賛成した。いったん白けた場を再び盛り上げるのは、なかなか難しそうに思えたからだ。切り上げて、部屋に戻って早くシャワーを浴びたい、という気もした。

「では、続きはまたいつかどこかで、ということにしようか。——えーと」

鴨居が伝票を捜す。私は小さなバインダーに挟まれたそれを取り、自分が精算しておく、と言った。それでは、と綿貫が伝票を覗き込みながらトータル金額を五等分してくれる。四人から割り勘分を受け取ってから、私たちは席を立った。レジでキーを示してサインをすませ、みんなより遅れて店の外に出る。

綿貫とミチルが私を待っていた。

「鴨居さんとえっちゃんはトイレに行ってるんだ」

綿貫が言う。彼らが戻ってきたら挨拶をして別れよう、と思ったのだが、私も尿意をもよおしてきた。二人の後を追うように化粧室に向かった。

化粧室の手前の角まできたところで、男女が低い声で何かしゃべっているのが聞こえた。鴨居と越美らしい。私の足は反射的にぴたりと止まった。

「相当、酔ってたんじゃないの？」

「ああ、そうみたいだ」

そう応える鴨居の声は、ごく落ち着いた口調に戻っていた。

「あんな話、人前でぺらぺらしない方がいいわよ。作家仲間のうちででも」

越美は軽く非難するように言った。真剣な忠告のようでもある。それに対する鴨居の返事は「うん」というごく短いものだった。どうやら、それでやりとりは終わったらしく、それぞれ化粧室の中に入っていく靴音が響いた。

＊

――あんな話、人前でぺらぺらしない方がいいわよ。

湯上がりにミニバーから出した烏龍《ウーロン》茶を飲みながら、私は越美の言葉を思い返していた。あれはどういう意味だったのだろう？　自分の創作態度が不真面目なものだと誤解されかねないような話はやめておきなさい、ということなのか？　つまらない冗談は興醒《きょうざ》めだ、ということなのか？　どちらにしても、しっくりとこない。あるいは、それ以外の含みがある言葉だったのかもしれない。たとえば――実は、やはり、越美もパテオの夢から霊感を得ていたから、軽々しく口外する秘密ではない、と諌《いさ》めたとか。

まさか。

「何なんだろうねぇ」

声に出してみた。パテオの夢の話の真偽のほどは判らずじまいだ。あの場で越美が喝破したとおり凝った冗談かと思ったものの、考えてみると、初対面のあの初々しいミチルまでもがぐるになっていたというのは不自然だ。彼女はおびえて涙まで流していたではないか。

「変な夜だったな」

再び独白する。欠伸をしながらベッドサイドの時計を見ると、もう二時近かった。空になった缶を机の上に置いて、ベッドにもぐり込む。

たちまち瞼《まぶた》が重くなった。


…………


ここはどこだろう？

頭の上には青空が広がっている。

あたりを見渡した私は、ぎくりとした。パテオだ。白っぽい煉瓦敷きの、噴水のあるパテオに私はいた。鴨居や綿貫たちが話していた夢の情景とそっくりなパテオの片隅のベンチに私は座っている。彼らの語ったパテオと眼前のそれがまったく同じものであることに、私は直感でゆるぎない確信を持った。

しかし、どうしてこんなところにいるのだろう、とわが目を疑う。いつ、どうやってここにたどり着いたのか、まるで覚えていない。狐《きつね》に抓《つま》まれたような気分だ。もしかして、これは夢なのか、と思うまでしばらくかかった。そうだ。そうに違いない。私は今、夢を見ているのだ。

鴨居たちの言っていたことは嘘ではなかった。白いパテオは、夢の世界に実在した。いや、夢が実在するというのは言語的に矛盾しているか。では、しかし、どう言えばいいのだ？　とにかくパテオはあった。実在しているかのように、何人もの人間が共通の体験として訪れることができる場所なのである。それも、単に不特定多数の人間がやってこられる場所ではない。ここに入ることを許されているのは――私が推察するに――小説家に限られているらしい。そして、夢でここを訪れた小説家は、創作のための極上の材料を得ることができるのだ！

落ち着け、と自分に言い聞かせつつ、パティオ全体をあらためて眺めた。麗しい詩神の姿を求めてみると――遠いベンチに二つの人影が寄り添っているのを発見した。若い男女のようだ。女は良家の令嬢風だったが、男の方は髪を茶色に染め、ロック・ミュージシャン風のレザージャケットをはおっている。不釣り合いな印象の二人は深刻な表情で目と目を見交わしていたが、やがて男の方が言葉を発した。

「必ずうまくいく。俺を信じて、計画に力を貸してくれ。お前がいなくちゃ、これまでの努力が台なしになっちまう」

「そんなことを言われても、私にも事情があるわ」

女は困惑をあらわにした。

「あいつの命が懸かってるんだぜ」

ドラマが進行している。私の頭蓋骨《ずがいこつ》の芯《しん》が、かっと熱くなった。何も見逃してはならない。聞き逃してはならない。すべてを頭に刻み込むのだ。やっと私の許に順番が回ってきたのだから、絶対にしくじってはならない。

緊張のあまりか、喉がからからに渇いていた。私は生唾を飲み込もうとして、思わず噎《む》せてしまう。その声は、静寂に包まれたパテオにやけに大きく谺した。

ベンチの男女が面を上げて、私の方を向く。二人と、まともに視線がぶつかった。パテオに現われる人物らには、こちらの姿が見えないらしいと聞いていたのに、彼らは私をしっかりと認めたようだ。声を出したのがまずかったのかもしれない。しまった、これでチャンスをパーにしてしまったのか、と思う。

「おい、これって……」

男が狼狽したそぶりを見せる。

「どうしましょう」

両目を見開いて驚いてから、女は困った声を出した。

「あ、あの、君たち。私は——」

藪蛇《やぶへび》になるのでは、と恐れながらも、私は彼らに呼びかけようとした。しかし、二人はベンチから立ち、奥に見える門へ逃げようとする。

「待ってくれ。私が声を出したのが悪かったのか？　おとなしくしているから、ここにいて物語の続きを聞かせてくれ」

必死になって私は哀願したが、彼らを止めることはできない。男の方が振り返って、何か叫んだが、よく聴き取れない。

「え、何だって？」

彼は女に手を引かれながら、繰り返した。

「ごめんよ。作家だらけなんで部屋を間違えた。人違いなんだ。さようなら」

人違い？

「おい、行かないでくれ。人違いってどういうことなんだ？　君たちは誰なんだ？」

制止するのも聞かず、二人の姿が門の向こうに消えた。


………


気がつくと、私はベッドの中にいた。

ぽかんとしたまま、しばらくは何も考えることができず、両手の指の間に、何かがすり抜けたような感触が残っている。

カーテンの隙間から覗いているのは、まだ夜明けまで時間がありそうな夜の闇だけだった。

Intermission 2：　多々良探偵の失策

ほら、いかにもキャリアウーマンって感じのあの赤いスーツの女性。恰好いいねぇ。モバイルに何か打ち込みながら、背筋を伸ばして公園をさっそうと横切っていくじゃない。朝っぱらからベンチに腰掛けて、新聞の求人欄を読んでるわれわれと大違いだ。ねぇ。ところであんた、失業中？　会社が倒産したって？　あー、そいつは大変だね。でも、まだ若いんだから大丈夫だよ。俺みたいに四十近くになると、景気の悪いさなか再就職にもひと苦労だけれどね。いや、俺の場合は会社がつぶれたんじゃなくて、恥ずかしながら、仕事でしくじって首を刎《は》ねられたのさ。

俺、実は私立探偵だったんだ。これでもつい半月前までは、探偵七つ道具やら、さっきのキャリアウーマンみたいなものを持って、忙しく街を飛び回ってたんだぜ。それが、このザマだ。

あんた、どうせ暇だろ？　じゃあ、ちょっと聞いてやってくれ。愚痴っぽくなるけど。申し遅れたけれど、俺は多々良《たたら》。よろしく。

その日、俺はある奥様の素行調査を夕方までやり終えて、あがりかけてた。そしたら事務所から携帯に電話がかかってきて、「多々良さん、悪いけど桂木《かつらぎ》に回ってください」って言うんだ。張り込みをする予定だった奴が車で事故を起こしたんで、ひと晩、ピンチヒッターを頼むとか言って。非常事態らしかったし、嫌だと断われる身分でもなかった。承諾すると、「判りやすい場所ですから」とか言って、地図が送られてきた。ほれ、言ったろ。モバイルなんてのを持っていたから、そこにファックスが入ったんだ。いやいや、モバイルからべろっと紙が出てくるわけじゃないんだ。液晶の画面に映るんだよ。かすれたマジックで書いた下手くそな手描きの地図がそのまま届いたよ。桂木駅で降りて、駅前通りをまっすぐ進んで五つ目の交差点を左に曲がって三軒目。そこに矢印が打ってあるだけだ。

俺はすぐに電車で桂木に向かった。知ってる？　Q電鉄の終点近くのしけた駅だよ。張り込みの対象は、駅から歩いて十分ほどのところにあるしもた屋風の家。深夜のうちに人の出入りがあるはずだから、その現場を写真に撮れ、という指示だった。夜間撮影用の器材は持っていたし、涼風が心地よく感じられる夜だったので都合はよかった。問題は身を隠す場所があるかどうかだったんだけれど、現場に行ってみると具合のいいことに斜め向かいの家が空き家でね。塀の陰が張り込みにお誂《あつら》え向きだった。そこまではよかったんだよ。

朝まで一睡もせず、ちゃんと見張ったさ。斜め向かいの家から決して目を離したりしなかった。ところが、必ず人の出入りがあるように聞いていたのに、犬の子一匹たりとも出たり入ったりしなかったんだ。空振りか、と思って事務所に報告して引き揚げた。

それが、翌日になってから大騒ぎだ。依頼人がどなり込んできたんだ。重大な現場を押さえるチャンスを逃した。どうしてくれるんだ、と。俺は「そんなはずはありません」と抗弁したよ。でも、相手は聞く耳を持たなかった。その家で依頼人と敵対している人間たちが密会をしていたのは間違いない、と言って聞かない。そして……調べてみると、相手の言い分が正しかったんだ。つまりね、俺は間違って別の家を張ってたのさ。笑ってちょうだいな。「判りやすい場所」だったはずなのに、簡単な地図を見間違えて。というより、相棒がどじったんだよ。マジックで急いで書くからあんなことになったんだな。せめて、桂木って駅名を縦に書いてくれてれば俺だってピンときたのに。

あんた、判る？　俺の、いや、相棒のしでかしたへまが。

＊

そうさ。地図を裏返しに送信しやがったんだ。つまり、地図の矢印は交差点を右に曲がって三軒目を指してたわけ。ひどいだろ？　その相棒が減給処分ですんで、どうして俺がクビなのか納得がいかないよ。マジックのインクがにじんでいたからつい、なんて言い訳になるか？　所長は、「気がつかなかった多々良が悪い」ときた。無理だよ。唯一の文字の「桂木」って駅名が横書きで、裏からすかして読んでも「桂木」になってたんだもの。

登竜門が多すぎる

野呂茂夫《のろしげお》はトーストとインスタントコーヒーで遅い朝食をすませると、「よし」と一人で掛け声を掛けてから机に向かった。顔を上げても、六畳ひと間の唯一の窓からは、川の土手しか見えない。

（とにかく始めよう）

彼は秋葉原の場末の店で掘り出してきた中古のパソコンに、ワープロソフトのフロッピーディスクを差し込んだ。

これから推理小説を書くのだ。

電源を入れる前に、茂夫は机のガラスの下に敷いた雑誌の切り抜きに目をやった。一日に何度も見る切り抜きだ。

第一回・クライムノベル大賞募集！

日本推理小説界に新風を吹き込む大型新人求む！

これまでなかった全く新しいミステリをお寄せください。

★内容／自作未発表の長編推理小説。本格、サスペンス、ハードボイルドなどのジャンルは問いません。

★枚数／四百枚から六百枚。（超過の場合は失格）
★締め切り／十一月末日。（当日消印有効）
★送り先／東京都千代田区神田神保町——。宝石社　編集部　クライムノベル大賞係。
★氏名等の明記／原稿を綴《と》じた表紙に住所、氏名、ペンネーム、生年月日、職業を明記。
★入賞発表／六月号の『言論界』誌上。
★賞／正賞　立杭焼《たちくいやき》の壺。入選作の印税全額。
★著作権／当選作の映像化等の権利はすべて著者に属します。
★選考委員／大江春泥《おおえしゅんでい》他。
★注意／応募作品は返却いたしません。（必要な方はあらかじめコピーを取ってご応募ください）

この第一回クライムノベル大賞が、茂夫のターゲットだ。今年新設された推理小説の一番新しい新人賞で、今から書き始めて一番早く締め切りがくる賞でもある。彼はこれに賭けてみるつもりなのだ。

（しかし……それにしてもな）

クライムノベルなどという日本で馴染の薄い言葉を賞の名前に冠するあたりからして後発丸出しなのだが、まぁそれはいい。それはいいが、何やら準備不足のまま公募に踏み切った、という出版社の様子が窺えて苦笑してしまう点がある。

選考委員が一人しか決まっていないのか、大江春泥他というのがまずおかしい。正賞が丹波《たんば》篠山《ささやま》の立杭焼の壺というのは何か無気味ですらあるし、入選発表が『言論界』という右寄りのオピニオン雑誌誌上なのにも呆れる。そもそも、作品を募っている宝石社という出版社は中堅の上という規模ながら、小説誌を持っていないどころか、これまで推理小説を出したことなどほとんどないのだ。何を血迷って推理小説新人賞を設けたのか、その意図が判りかねる。

(なんでもいいじゃないか。ちゃんとした出版社が公募している賞なんだから)

茂夫はこの賞が新設の賞だということにこだわっていた。穴場だ、と直感したのだ。彼はこれまでありとあらゆる推理小説の新人賞に応募しては、一次予選に通過するかしないかで落選してきた。捲土重来《けんどちょうらい》を期しての次回の応募がちょうど十回目のものになる。

(今度こそ。何としても取ってやるぞ)

野呂茂夫、二十九歳。

推理作家になることを夢見て就職もせず、ガソリンスタンドでアルバイトをして糊口《ここう》を凌《しの》ぎながら、懸賞小説への応募を続けている。

(いつまでもこんなことをしていられないだろうし、三十の大台に乗るまでにデビューしなくちゃな)

彼は熱い決意を新たにし、パソコンの電源をONにした。

水を差すように玄関でチャイムが鳴った。

その時——

「ちぇ」と舌打ちして立ち上がる。「またセールスか」

チェーンのないドアを細目に開くと、濃紺のスリーピースに身を包み、アタッシェケースを提げた男が立っていた。白目がちの丸い目で茂夫を見つめながら、男は言った。

「推理小説をお書きの野呂茂夫様ですね？」

「ええ、そうですけど……」

そう答えながら茂夫は変だなと思った。自分が推理作家を志望しており、懸賞小説に応募を続けていることは、彼のごく身近な人間も知らないはずなのだ。職場の上司や仲間に「お前、どんな志を抱いてアルバイトを続けてるんだ？」などと訊かれても、曖昧な返事をするだけで、「実は作家になりたいんです」と言ったことはない。なのに、見るからにセールスマンらしい訪問者にいきなり「推理小説をお書きの野呂茂夫様」と呼びかけられようとは……。

「確かに私は野呂茂夫で、推理小説を書いていますが、どうしてそれをご存じなんですか？」

「『鬼火城《おにびじょう》』『トワイライト・エキスプレスの密室』『ロシアン・ルーレットの謎』他を書かれた野呂様でしょ？　存じ上げておりますとも。われわれは仕事柄、未来の推理作家のリストを持っておりますもので」

茂夫は男の顔をまじまじと見返した。年齢は三十半ばだろうか。柔らかそうな髪を真ん中で分け、口元に）の形の人懐っこい笑みを浮かべている。太ってはいないが、まん丸い顔。ぎょろりと丸い目に長い睫毛《まつげ》。――どことなく猫を思わせる印象の男だ。

（何者なんだ……？）

茂夫は不審に思いながらも、この訪問者に対して強い興味を覚えた。男は茂夫を『未来の推理作家』と呼んだ。何を根拠にそんなことを言うのだろう？　そんなもののリストなど存在するのだろうか？　どうも言うことが変だ。

「よろしければ今、少しお時間を拝借できますか？」

そう言われて茂夫は思わず、「いいですよ」と答えていた。

「では失礼いたします」

男は音もなくするりと部屋の中に入ってきた。そして茂夫に声を発する間も与えず、男は靴を脱いで部屋に上がった。

「このお部屋で執筆なさっているんですね？　なるほど」

男は六畳の部屋の本棚と机に目をやりながら言った。ものの少ない室内に推理小説の本と、小説の資料にする本や雑誌が散乱している。その様子は、まるで売れない新人作家の仕事場のようだが、茂夫はまだ駆け出し作家ですらない。

「なるほどなるほど」

そう繰り返す男の無遠慮な視線が、本棚の『推理小説の書き方』『ミステリ作家になる法』という本に止まっていることに気づき、茂夫は何だか恥ずかしくなると同時に、無礼な奴だなと不愉快な気がした。

「あの、あなたは……どなたですか？」

その背中に向かって尋ねると、男はくるりと振り返った。

「申し遅れて失礼いたしました。わたくし、こういう者です」

スーツの内ポケットから出た名刺が、すっと茂夫の胸許に差し出された。彼は眼鏡を掛け直してそれを見た。

㈱ミステリエイド
ハードウェア・アドバイザー
目《め》羅《ら》琥《こ》珀《はく》
東京都新宿区水道町×—×—×
Tel〇三—三二一六—××××

名刺をもらっても、男の素姓はまるで知れなかった。茂夫はわけが判らないながらも、さらに強い興味を掻き立てられつつ尋ねた。

「で、何をなさっているんですか？」

目羅琥珀――なんという奇怪な名前だ！――は一層にこやかな笑みを浮かべ、早口でまくしたて始めた。

「聞き慣れない社名に聞き慣れない肩書きですから、ご説明が必要かと存じます。わたくしどもの会社、ミステリエイドというのは簡単に申しますと、優れた推理小説を書こうと苦心されている方のお手伝いをする会社です。どういった素材のものを、どういうふうに書けばいいのか、というアドバイスから、そのために必要な道具の調達までお助けいたしております。わたくしは執筆に必要な様々な道具を提供するハードウェア部門を担当しております。単刀直入に申しまして、今日は野呂様の創作に必ずやお役に立つと信じる未来の推理作家必携の品をいくつかご紹介にお邪魔いたした次第です。突然の訪問でご迷惑かと存知ますが、決してご損はさせません。当杜が開発した絶対お薦めの品ばかりですので……おや？」

目羅は机上のパソコンに視線を固定させて、不意に言葉を切った。

「野呂様も原稿はワープロで打っておいでのようですね」

目羅のペースに巻き込まれていくのを意識しながら、「はい」と茂夫は頷いた。

「これはパソコンのようですが、ワープロソフトは何をお使いですか？」

ごくあたり前のものを使っている。

「『一太郎』ですけど」

「『一太郎』……。不便でしょうねぇ」

目羅は同情に耐えないと言うようにかぶりを振ってみせた。どうして彼がそんな反応をするのか茂夫には理解できなかった。

「別に不便は感じていませんよ。ワープロソフトのベストセラーですから、間違いのないものだと思いますが」

「そりゃ、一般市民はそれでいいでしょうとも」

「はぁ？」

「彼らは『一太郎』で充分です。しかし、推理作家には推理作家のためのワープロソフトが必要なんですよ」

人間を『一般市民』と『推理作家』に分けるという話を聞いたのは初めてだな、と茂夫は面食らった。

「野呂様が江戸川乱歩賞に応募された『鬼火城』。あれなど実にペダンチックで、『黒死館殺人事件』に挑んだかのような難解な作品でしたね。『一太郎』であれだけのものを執筆されたとは。さぞご苦労なさったことでしょう。――しかし、このソフトをお使いになればそんな無駄な苦労とは、もうおさらばです」

目羅は床に置いたアタッシェケースを開くと、シールドケースから一枚のフロッピーディスクを取り出した。

「ちょっとこのパソコンをお借りしてもよろしいでしょうか？」

茂夫が「ええ」と答えると、目羅はパソコンから『一太郎』を抜き、自分のフロッピーと入れ替えた。

「少々お待ちください。百聞は一見に如《し》かず、ですから」

彼はアタッシェケースからさらに一冊の本を出してくると、それを机の上に広げた。

「これは『黒死館殺人事件』です。出鱈目《でたらめ》に開いたページの一節を仮名入力で打ってみます」

目羅は横目で本を見ながら、鮮やかなブラインドタッチでキーを打ち始めた。

ぼこうのしゆうぃは、よはねとわし、るかとうよくこうしというような、じゆうにしとのちようじゆうをかしらぼりにしたてつさくにかこまれ、そのちゆうおうには、きよだいなせつかんとしかおもわれないかたふあるこがよこたわつていた。さて、こでぼさくのないぶをしようじゆつしなければならない。だいたいにおいて、さんがーるじぃん（すいすこんすたんすこはんにろくせいきごろあいるらんどそうのけんせつしたるじぃん）や、みなみうえーるすのぺんぶろーくあべいなどにもげんにざんそんしている、ろぢしきかたふあるこをもしたものであつたが、それには、いちじるしいいしよくがあらわれていた。というのは、ぼちじゆとして、てんけいてきな、ななかまどやびわのたぐいがなく、いちじく・いとすぎ・くるみ・ねむのき・あおき・はたんきよう・いぼたのきのしちぼくが、べつずのようないちではいちされていた。

端で見ていた茂夫は、目がちかちかして仕方がなかった。目羅は「このぐらいでいいでしょう」と言って手を止めた。

「これにルビをふった上、漢字に変換します。いいですか？　ご覧ください」

彼はリターンキーを軽く押した。

「あ！」

一瞬で、画面が黒っぽく、いや反転文字なので白っぽくなった。


墓窖《ぼかう》の周圍は、約翰《ヨハネ》と鷲、路加《ルカ》と有翼犢と云ふやうな、十二使徒の鳥獸を冠彫にした鐵柵に圍まれ、その中央には、巨大な石棺としか思はれない葬龕《カタファルコ》が横はつてゐた。

さて、此處で墓柵の内部を詳述しなければならない。大體に於いて、聖《サン》ガール寺院（瑞西コンスタンス湖畔に六世紀頃愛蘭土僧の建設したる寺院）や、南ウヱールスのペンブローク寺《アベイ》などにも現に殘存してゐる、露地式葬龕を模したものであつたが、それには、著るしい異色が現はれてゐた。と云ふのは、墓地樹として、典型的な、なゝかまどや枇杷《びは》の類がなく、無花果《いちじく》・糸《いと》杉《すぎ》・胡桃《くるみ》・合歓樹《ねむのき》・桃葉珊瑚《あをき》・巴旦杏《はたんきよう》・水臘木《いぼたのき》犀の七本が、別圖のやうな位置で配置されてゐた。


「ざっと見たところ間違いはないようですね」目羅は画面と原文とを照合しながら言った。

「一発で変換できました」

茂夫は思わず唸った。

「すごい……」

「でしょう? ルビ機能もこんなに充実しています。わたくしどもの自信作──ペダンチック・ミステリ創作専用ワープロ。その名も『虫太郎』です」

(こんなものが開発されていたのか……)

茂夫はすっかり感心してしまった。

「けれど、失礼ですが、こんな特殊なワープロに一体どれほどの需要があるんですか? とてもじゃないけど、商売にならないように思えるんですが……」

「それは野呂様の認識不足だと言わせていただきましょう」

目羅は涼しい顔で答えた。

「そうでしょうか?」

「そうですとも。これだけは申しておきます。今の日本で推理小説の創作をしている方の数は、おそらく野呂様の想像をはるかに超えています。プロ、アマという境界を取り払って考えた時、その数たるやもう大変な推理作家人口があるわけですから、わたくしどものこの『虫太郎』にしても、充分採算が合うわけです。──もちろん、お値段は少々お高くなりますが」

茂夫が低く唸り続けていると、セールスマンはそれ以上薦めようとはせず、別の品物を取り出した。

「サントリーミステリー大賞で惜しくも予選落ちなさった『トワイライト・エキスプレスの密室』についても存じ上げておりますよ」

「どうしてそれを――」

「寝台特急トワイライト・エキスプレスの豪華個室で密室殺人が発生する。しかもその犯人には、奥羽山脈の向こうを走っていた特急北斗星に乗っていたというアリバイがあった。――スケールの大きなトラベルミステリだったそうで。時刻表が十枚以上挿入されていたとお聞きしています。ご苦労なさったことでしょう」

「いえ、それほどでも――」

「そんな時、これがあれば楽々とはかどったでしょうに」

目羅は『虫太郎』を別のフロッピーと入れ替えた。

「これはトラベルミステリ創作専用のワープロです。図形処理機能が売りもので、特に時刻表の挿入が容易に、かつ美しくできます」

目羅がキーを押す度に、様々な時刻表のページが画面に現れた。函館本線、東北本線、中央本線、山陽本線といった幹線はもちろん、山田線や只見《ただみ》線、木次《きすき》線といったローカル線の時刻表もすぐに呼び出せる。

「部分複写も簡単。最新の時刻表を常に出せるようになさりたいなら、オンラインでJTBとつなぐこともできます。――いかがですか？」

「うーん」茂夫はまた唸った。「はっきり言って、便利ですね」

「でしょう? 今、よく売れてご好評をいただいております。これも当社の自信作。その名も『京太郎』」

「はぁ、なるほど」

「野呂様にはこれもいいかな」

目羅はまたアタッシェケースの中をまさぐり、違うフロッピーを出してきた。

「今度は何なんですか?」

目羅はフロッピーを入れ替えながら、にこやかな笑みを返す。

「『ロシアン・ルーレットの謎』も残念でしたね。鮎川哲也賞に相応《ふさわ》しい作品でしたのに、相手が悪かった」

「よく調べてますね」

野呂は呆れっぱなしだった。

「野呂様はかなりのEQファンではありませんか? エラリー・クイーンばりの犯人当てだったようですが、それなのに『読者への挑戦』が入っていなかったそうで、解せません」

「いや、お恥ずかしい。EQを気取りながら挑戦文を入れ忘れてしまったんです。慌てて送ったものですから」

「あるんですあるんです。本家のエラリー・クイーンも妙によく入れ忘れてましたからね。——そこでコレ」

キーひとつで画面に読者への挑戦文が現れた。

——読者諸君に——

ここまでで、あらゆるデータは出そろいました。作者としては、本格推理小説の大原則にもとづいてフェアープレーをつづけてきたつもりですが、最後の一章をお読みになる前に、ここで、いったん本を閉じ、真犯人を指摘されてはいかがでしょうか。

「典型的な『読者への挑戦』ですね」と茂夫が言う。

「これは高木彬光先生の『黒白《こくびゃく》の囮《おとり》』の挑戦文です。本家クイーンの全挑戦文はもとよりフィリップ・マクドナルド、J・J・コニントン、捜査ファイルミステリのデニス・ホイートリー、懐かしい創元推理文庫イエローブック。国内では横溝正史、鮎川哲也、都筑道夫、草野唯雄、島田荘司、平石貴樹、法月綸太郎、綾辻行人、依井貴裕。ついでに有栖川有栖まで網羅しています。それらをそのまま使えはしませんから、応用していただくわけです。それも面倒だとおっしゃる方のために、レディメイドの文例も五十種類入っています」

「つまり、一般市民用のワープロにある手紙の挨拶文例のようなものですね？」

茂夫は、われ知らず『一般市民』という言葉を口走っていた。

「そのとおり。――このソフトにはもう一つ特徴がありまして、傍点機能が充実しています」

目羅は画面に出ている文章の最後の部分にカーソルを走らせた。

真犯人を指摘されてはいかがでしょうか。

「いかがですか？　これで気分はEQでしょう？」

「ええ」と茂夫は頷いた。「便利です」

「本格ミステリ作家の強い味方、EQタイプ犯人当て創作専用ワープロ。その名もQ太――」

「結構です。その名前は聞きたくありません」

茂夫は両腕を振り回しながら止めた。

「そうですか」

目羅はフロッピーを抜き出して鞄にしまった。

「この他にも野呂様向きではないかもしれませんが、サスペンス用の『ファントム・レディ』、ハードボイルド用の『ハメット』、スパイ小説用の『エニグマ』、評論用の『河太郎』、変格もの万能の『平井太郎』などがあります」

「最後の……大胆な名前ですね」

「覚えやすく、忘れにくいネーミングを心掛けておりますもので」

目羅は悪びれることなく言った。――と、今度は部屋の隅のテレビに彼の目が止まった。

「ビデオデッキはお持ちですね？」

ごく安物だが、それぐらいはある。

「ミステリ映画の研究のためにも必需品ですからね」

茂夫は見栄を張って言った。本当はアダルトビデオしか見ない。

「なるほどなるほど」

「どうかしましたか？　もっといいデッキに買い替えろというご忠告ですか？」

「いえいえ、立派なデッキです」目羅は大袈裟に首を振って打ち消した。「お薦めしたいな、と思ったのはデッキではありません。ビデオソフトの方です」

「ビデオソフト？『刑事コロンボ』の新作でも売り込もうって言うんですか？　それとも『探偵《スルース》』？『シーラ号の謎』？」

「いえいえ、それなら観たとおっしゃりたいんでしょ？　違います。わたくしどもの制作いたしましたオリジナルビデオがお役に立つのではないかと思いまして――」

目羅は何巻かのビデオテープを取り出し、テレビの前まで行って振り向いた。

「ちょっとご覧いただけますか？」

「ええ……」

目羅は勝手知った様子で手際よくテープをデッキに入れ、再生のスイッチを押した。一体、何が始まるのか、と茂夫はテレビににじり寄った。

ミステリエイドの社章らしき赤い『？』マークが現れ、続いて『このテープの営利目的上映や無断複製は法律で禁じられています』とテロップが出た。

「推理小説を書く上で、こんな道具があったらなぁ、というご要望が当社に多く寄せられました。そのリクエストに応じて作られた極めて実用的なビデオです」

目羅が傍らで猫撫《ねこな》で声で言う。――画面が変わって題名が出た。

ミステリ創作実戦ビデオ①

警察活動の実際（日本編）

「何ですか、これ？」

茂夫が聞くと、目羅は黙って観てみろと言うように画面を指差した。

桜田門の警視庁の全景が映り、男の太い声でナレーションが始まった。

〈推理小説を書こうと思いたった方が、誰でも最初に戸惑うのは警察の組織、機構、法的性格、とりわけ捜査活動が実際、どのように行なわれているのか、ということでしょう〉

それを聞いた茂夫は、思わずオバハンのように、うんうんと頷いていた。

〈懸賞小説の応募作品の中には、捜査活動の知識のなさによるミスを繰り返していたり、誤解の上に物語を創ってしまったために、予選でふるい落とされるものも少なくありませ

ん。——ある落選者の典型的な例を見てみましょう〉

画面にまだ若そうな男の顔が現れた。若そう、としか言えないのは、彼の目のあたりにモザイクが入っていて顔がよく判らないせいだ。『阪本英明さん（仮名）』『音声は変えてあります』とテロップが出る。

〈「自分では自信満々で応募したんですが、今になって考えてみるととんでもない作品でしたね。大阪府警殺人課、曾根崎《そねざき》署捜査一課とか書いて平気でいたんです。刑事部長と部長刑事は全く同じものだと思っていて、『おい』『何だ』という会話を交わさせたり。思い出すと顔が赤くなります。東京から単身赴任してきた主人公の刑事が、慣れない大阪人相手の捜査に悩みながら事件を追う、という設定に新味があると思っていたんですが、人に読んでもらったら『アホか』と言われました」〉

東京から大阪へ単身赴任の刑事というのはひどいな、と茂夫はくすくす笑った。

〈このような初歩的な間違いを犯さないために、実際の警察の捜査がどのようなものか見ていくことにしましょう〉

木造モルタルのアパートが映った。遠くからのサイレンが聞こえてきたかと思うと、パトカーが数台やってきて、アパートの前で次々に停まった。ドアが開いて刑事たちが降りてくるのに被《かぶ》さって、ナレーションが入る。

〈日本の警察のレスポンスタイム——すなわち、事件の通報を受けてからパトカーが現場に到着するのに要する時間は五分未満。所轄の警察署からパトカーが到着したところで

す〉

刑事らが鉄の階段を駈け上がっていく様子が映っていたが、やがてカメラがその後を追うように動いた。今まで物陰に隠れて撮影していたようだ。激しく手ぶれしながら画面はアパートに近づいていき、階段を昇りだした。二階の事件現場にカメラが入る。

〈到着した所轄の警察官は、まず現場保存を行ないます。そして本庁から捜査一課員、鑑識課員が到着するのを待つのです〉

現場前に張るロープを手繰り出していた刑事がカメラを正面から見た。

〈「あんた誰だ？　その鞄の中を――」〉

画像が乱れた。と思ったとたんに目羅はビデオを止めた。

「おそれいりますが、これ以上はご購入いただいてからご覧ください。捜査会議潜入完全レポート、聞き込み刑事密着尾行が目玉です。これは必携のビデオですよ」

茂夫はぜひ見てみたい、と思った。しかし、どうやら無断複製は法律で禁じられている、と胸を張って言えるような代物ではないらしい。

「この他、姉妹編として『法医学の初歩』と『刑事訴訟法と裁判』があります。これも重要ですね。先ほどの経験者の談話ではありませんが、この方面での失敗談も出てきます。七年前の死体の死亡推定時刻を何月何日何時頃まで限定したり、日本の裁判に陪審員がいたり、という話が――あ、笑ってらっしゃいますけど、人のふり見てわがふり直せ、ですよ」

茂夫は値段を聞きかけたが、セールスマンはそれを遮ってまた話を変えた。

「懸賞小説に入選するために、また出た本を売りさばくために、よい題名をつけることは非常に重要です」

茂夫は「はぁ……」と応える。

「野呂様のこれまでの作品の題名が悪いとは決して申しませんが、ただ……過去の受賞作のパターンからはずれていますね。ネーミングについてもう一考なさってみてはいかがでしょうか？」

「うーん、いつも題名で悩むのは確かです。悩んだ挙句、変な題名をつけてしまって。――何かあるんですか？　全自動ネーミングマシンでも紹介してくれるんですか？」

「そうです」

目羅はビデオをしまい、別の品を出してきた。またフロッピーディスクだ。

「新製品、ミステリネーミング機『名づけ親《ゴッドファーザー》』です。過去の受賞作の全タイトルと、百人のモニターに選んでいただいた名タイトルが登録されています。お書きになった作品の素材、タッチ、対象読者層等を入力すると、理想的な題名が出力されます。――またパソコンをお借りできますか？」

「ええ、どうぞ」

目羅はフロッピーを入れると茂夫の方を向いて、また猫撫で声を出した。

「失礼ですが、試しに野呂様の『鬼火城』を改題してみてよろしいでしょうか？」

「いやぁ、興味がありますけど、何だか怖いような気がしますねぇ」

茂夫が頭を掻きながら照れ笑いするのにかまわず、目羅はパコパコと素早くキーを打った。

「太平洋戦争勃発《ぼっぱつ》直前の伊豆半島の山中……鬼見伯爵の城のような別荘……怪談の伝わる西洋館…… 屋根裏の密室から消えた姉妹…… 窓に描かれた暗号…… 大庭園に浮かぶ鬼火……探偵によって徐々に暴かれる一族の秘密……小栗虫太郎ばりのペダンチズム……」

打ち込みながら目羅がぶつぶつと何か呟いている。「しかし古いな」というひと言が聞こえたような気がして、茂夫は不愉快になるよりひやりとした。

「理想の題名は——」目羅はリターンキーを押した。「これです」

茂夫は身を乗り出してブラウン管を見る。

鬼火の城

「何ですか、これ？ 同じじゃないですか」

もったいぶりやがって、と茂夫は腹を立てた。目羅はその抗議にも平気な様子で、にこやかに笑っていた。

「お判りいただけませんか？ 『鬼火城』と『鬼火の城』。この差は大きいと考えますが。ここがご理解いただけなくては」

目羅は力みながら言う。

「……そうでしょうか？」

「そうなんです。こちらの方が懸賞に通る確率がぐんと高くなります。まぁ、ゆっくりとよく考えてみてください」

目羅はまたキーを打つ。

鬼火館の殺人

「これがより素直で、本格ものであることを全面に打ち出した題名。——そして」

また打つ。


大戦前夜・伯爵家でくりひろげられる華麗な連続殺人劇・美人姉妹は完全な密室から消えた！　鬼火の館に秘められた忌まわしい一族の過去・戦慄《せんりつ》の秘密とは？


「これがテレビの二時間ドラマ化用の題名ですね」

「まだ短いんじゃないですか？」

茂夫は思わず真顔で聞いていた。

「これが必要かつ充分な長さです」

目羅は自信たっぷりの様子で言い切った。茂夫はそんなものかなと思う。

「と申しましても、野呂様のネームヴァリューがある指数に達しましたら、『野呂茂夫の鬼火の城』が最適の題名になります。その時のために、このソフトには不適タイトルチェック機能が備わっています」

また判らない言葉が出てきた。

「不適タイトルって何のことなんですか？」

目羅は満面に笑みをたたえたまま説明を始めた。

「ご承知のことかと思いますが、ネームヴァリューのある作家の作品がテレビドラマ化される場合は、その作家の名前が番組名の頭に持ってこられます。例えば『横溝正史の蝶々殺人事件』だとか、『江戸川乱歩の陰獣』という具合ですね。ところが、こういう題名のつけ方をされますと、妙な意味が付加されて、受け手が勝手な解釈をしてしまうことがあります。

わたくしの経験ですが、以前、テレビの番組欄で『松本清張の高台の家』というのを目にしたことがあります。清張先生のお宅が映るんなら拝見しようか、とチャンネルを合わせたら松本清張原作の『高台の家』というドラマでした。『佐野洋の妻の証言』というので、佐野先生の奥様が何を話されるのかと見てみると、『妻の証言』という短篇をドラマ化したものだったということもあります」

「あ！」茂夫は叫んでいた。「そんな経験、私にもあります」

「でしょう?」

「ええ。私のはもっと強烈でした。夏樹静子原作の『足の裏』のドラマ化だったんです」

目羅は低く唸った。

「うーん、それは強烈ですね」

「強烈でしたよ。『夏樹静子の足の裏』、ですからね。いきなりアップできたらどうしようと思いましたね」

(作者注・これらは実際にあった番組名です)

「なるほどなるほど。いや、なるほど。まぁ、普通の視聴者はそんなに曲解しないでしょうが、中には気にする方もおいででしょうからね。二時間ドラマ化に備えて、おかしな意味がくっつかない題名を最初からつけておくにこしたことはないと思います。『笹沢左保の愛人関係』だの『佐野洋の轢《ひ》き逃げ』、『和久峻三の告白』、『島田荘司の眩暈《めまい》』など、ドラマ化の際に曲解を招きそうなケースは他にも多々ありそうです。

そこで、このソフトの不適タイトルチェックがお役に立つというものです。今申したような曲解可能タイトルを入力すると、警告音が鳴る仕掛けになっておりまして――」

茂夫は拍子抜けした。

「わざわざピコピコ鳴ってくれなくても、それぐらい自分で判断できますよ」

「いえいえ」と目羅はのけぞった。「こういうことは、創作に没頭なさっている時は、注意していても見落としてしまいやすいことです。二時間ドラマ化された時にどうだろうか、などという瑣末《さまつ》なことを頭から追い払って執筆に専念するためにも、是非お揃えいただきたいと思います」

「警告音ねぇ」

「『タブー警告ソフト』というものもあります」

目羅はまた別のフロッピーを出す。

「推理作家が侵してはならない数々のタブーが記録されており、それに抵触すると警告音が鳴って知らせる、という機能があります。ヴァン・ダインの『探偵小説作法二十則』やドナルド・ノックスの『探偵小説十戒《じっかい》』はもちろん、ハワード・ヘイクラフトの『ゲームのルール』、リチャード・ハルの『探偵小説とその十則』などがすべて入っています。これを使えばもう『アンフェアだ』と非難される恐れはありません」

茂夫はぞっとした。『探偵小説二十則』のいくつかを思い出してみる。

――すべての手掛かりは明白に記述されていなくてはならない。

――犯人や探偵をだます以外のごまかしを、読者に対して故意に用いてはならない。

――物語に恋愛興味を添えてはならない。

――探偵や捜査員が犯人であってはならない。

――犯人は論理的な推理で決定されなくてはならない。

――真犯人は一人でなくてはならない。

などなど。

ノックスの『探偵小説十戒』にはあの奇妙な戒め
——中国人を登場させてはならない。

なんていうのもある。

「そんな規則にがんじがらめに縛られたら、何も書けないんじゃないですか？　それでヴァン・ダイン当人の『グリーン家殺人事件』が打てますか？」

「打てません」

目羅はあっさりと答えた。

「矛盾してるじゃありませんか」

「機械が正確に作動している証拠です」

なるほど、と茂夫は一旦納得した。

「おっしゃりたいことは判ります。それらのタブーが古臭すぎて、そんなものにこだわっていては面白い作品、新しさのある作品が書けないではないか、ということですね？　そう、それが正論でしょう。——しかし、作家はそれぞれ自分自身に課した戒め、タブーを持っているのではないでしょうか？　こんなことだけはするまい、という戒めを」

「……それはあるかもしれません」

「あるはずです。野呂様には野呂様の戒めがおありでしょう？　『こんな卑怯な手は使うまい、こんなダサイ手は許されまい』という信念を持って創作に臨んでおられることと信じます。——そこで」

目羅はキーを叩いて何かを画面に呼び出した。

阪本英明の十戒

「阪本英明って……聞いたことありますね」

茂夫が呟くと、目羅は「そりゃそうでしょう」と言った。「さっきビデオに出ていた人ですよ」

「ああ、あの東京の刑事を大阪に単身赴任させた……」

「あの阪本さんです。あの方が創った探偵小説の十戒をご参考までにご覧いただきましょう。——この『タブー警告ソフト』には『私のタブー』が入力できるんです」

それなら使い道がありそうだな、と茂夫は思いかけた。——ともあれあの阪本氏の『十戒』が見たい。

「じゃあ、見せていただきましょうか」

「はい。阪本様の『十戒』はこうです」

①警察官を登場させてはならない。

いきなり凄いな、と茂夫は驚いた。間違いのもとだから出さないことにしたな、と思いつつ、茂夫は続きを目で追った。

②探偵は敬語を使ってはならない。(何のことだ?)

③犯人は十人未満でなくてはならない。(野球チーム全員が犯人という設定でも書くつもりか?)

④作中で他人のトリックをばらしてはならない。(いい心掛けだ)

⑤自分のトリックであっても、同じトリックを二度使ってはならない。(それはプロになってから言えよ)

⑥トリックに(またトリックか)ロープ、糸、氷、ドライアイス、磁石、鏡、テープレコーダー、ビデオテープ、夫婦茶碗、靴べらを使ってはならない。(最後の二つは何なんだ?)

⑦読者を被害者にしてはならない。(読み終った時に腹が立つの、あるからなぁ)

⑧作中「五里霧中」という言葉を五回以上使ってはならない。(ははぁ、こいつの筆癖だな)

⑨解決編が犯人の告白状で終ってはならない。(賛成、いいことも言うね)

⑩参考文献に文庫本が混じっていてはならない。(つまらん見栄をはるなよ)

「いかがですか?」

そう聞かれた茂夫はこう答えるよりなかった。

「ユニークですね」

「つまらない項目が入っているな、と思われたかもしれませんが、それは人それぞれのお考えがあってのことですから、お気になさらないように。野呂様は野呂様の理想を実現するためのルールをお創りになって、入力なさればいいわけですから」

「はい」と茂夫は神妙に応えた。

「こういう品物もありますよ」

目羅は商品の紹介を続ける。

最新の作品で使われたアイディア、トリックを要約した『マーダーズ・ダイジェスト』。——創作に手一杯で、他人の作品を読む暇もないあなたに最適。

二十四時間フルに執筆するためのスタミナ増強剤『暁《あかつき》の死線』。——応募締め切りを直前に控えたあなたに最適。

「あなたは必ず入選できる」と暗示をかけてくれる自己暗示用テープ『サクセス』。——落選続きで自信喪失気味のあなたに最適。

などなど。

茂夫は結局、目羅のアタッシェケースの中の品物をすべて紹介されてしまった。気がつくともう正午だった。

「ああ、どうも申し訳ありません。随分お時間を取らせてしまいました。野呂様のお役に立つ情報もご提供できたと信じてはおりますが」

「驚きました」

茂夫は正直な感想を口にした。いや、呆れた、と言うべきか……。

「お値段はこのようになっております」

目羅が茂夫に差し出したのは、全商品の価格表だった。上から順に見ていくと、かなり値のはるものもあったが、おおむね思ったよりも安かった。全商品をセットにしたものなら、二割引になりますよ、とも目羅は薦める。

「クーリング・オフの期間内でしたら返品は必ずお受けいたします。各種クレジットカードもご利用いただけますし、分割払いの方法もご相談させていただきます」

茂夫は貯金の残高を思い浮かべてしばらく考え込んだ。迷っている彼にセールスマンはこう言い添えた。

「クライムノベル大賞を狙っている方に私がお売りしたものだけで、もう三十セットになりますよ」

それを聞いて、茂夫は清水《きよみず》の舞台から飛び降りることにした。金を出し渋ったために栄冠を逃してたまるものか、と思ったのだ。

「セットで買います。現金で買いますから、半端の一万五千円、何とかまけてもらえませんか？」

パソコンを買った時と同じように値切ってみた。目羅は仕方がないな、というように苦笑した。

「判りました。では、ここにご署名を」

＊

「いやぁ、思ったより集まりましたね」

「上出来です」

宝石社、クライムノベル大賞の担当者らは応募原稿を整理しながらそんな会話を交わしていた。

ドアが開いた。

「おぅ、目羅さん。リストができてるよ」

担当者の一人が大きな声で言った。目羅は「いやぁ、それはどうも」と愛想よく笑いながら部屋に入ってくる。

「応募者の住所、氏名、作品名だけとりあえず書いてある。予選委員が読み終るのは二カ月後だろうね。そのリストができたらこっちから連絡を入れるから」

「よろしくお願いします」

「しかしそのリスト、もう購入ずみの人間の名前もあるでしょう?」

「ええ、何人かいらっしゃいますね」

目羅はリストの中に野呂茂夫の名前を見つけ、にやりと笑った。

この作品はもちろん全くのフィクションであり、作中の商品は架空のものですからお捜しにならないように。また、現実の推理小説新人賞に対して、何ら批評、問題提起を加える意図がないことをお断わりしておきます。

（有栖川有栖）

Intermission 3：　世紀のアリバイ

「僕を疑っているんですか？」

テーブルの向こうの相手は、こちらの目をまっすぐに見据えてそう尋ねてきた。不愉快だと立腹しているふうでもなければ、殺人の嫌疑をかけられて狼狽《ろうばい》しているふうでもない。

「いやいや。そういうわけではないんだよ、ウィルバー。ただ、ピート・カッシングと利害関係があったホーソン街中の人間に同じことを聞いて回らなきゃならないんだよ、俺は。保安官の立場っていうのも判ってくれ」

ガーゴイルの悪魔みたいと子供がこわがる強面《こわもて》のくせに、こういう時のクーパーはいつも下手に出た。たとえ相手が自分のせがれぐらいの若造だったとしても、すごんで萎縮《いしゅく》させては、聞き出せるものも聞き出せなくなってしまう、と考えていたからだ。

「確かに、ピートからはまとまった融資を受けていました。しかし、僕たちはきちんと返済の計画を立てていたし、わがデイトン・ニュース社の経営はごく順調なんですよ」

「判った。それは判ったよ。だから、二日前の夜、どこにいたのかだけ教えてくれれば、俺はとっとと失《う》せるよ。日付が土曜から日曜に変わる頃、何をしていたんだい？」

ウィルバーは、やれやれというように肩をすくめてから、渋々と話しだした。

「ジミーの店にいました。飲んだり、ポーカーをしたりしながら。ジミーが証人になってくれるでしょう。それでもまだ不足だっていうんなら、オリバー・フレッチャー、チャック・ガスリー……それから、えーと、家具屋のビルもいたな、彼らに聞いてみてください。おっと、これを忘れちゃいけない。オービルもずっとそこにいました」

「兄弟揃って、ジミーの店にいたんだね。何時まで?」

「十一時過ぎかな。オリバーのかみさんが角をはやして迎えにきたんで、お開きになったんです。まあ、いつもそれぐらいで散会するんですけれど」

「その後、誰かと飲み直すとか、場所を移して勝負を続けるとかしなかったのかい?」

「ええ。僕もオービルもそれぞれのうちに帰って寝ました。証人は女房しかいませんけど、不都合はないでしょう?」

「ああ、そうだな」

　クーパーは顔ではにこやかに笑いながら、肚《はら》の中では、それが本当ならば困ったことだ、と思っていた。悪評のたえない高利貸しのピートが殺されたのはその日の零時前後。犯行現場は隣りの市のはずれにある彼の別宅だが、ここデイトン市からそこまでは、車をどんなに飛ばしても二時間はたっぷりかかってしまう。深夜なので鉄道を利用することも不可。午後十一時までこの街にいたことが立証されたのなら、ウィルバーとオービルのアリバイとして疑問を差し挟む余地はなくなる。

「ありがとう。これですっきりしたよ。忙しいところ邪魔して、申し訳なかった」

「いいえ。こちらこそ失礼なことを言いました。許してください、保安官」

　クーパーは、気にするな、と手を振って立ち上がった。応接室を出ると、猫背で机に向かっていた女子事務員と目が合う。社長とのやりとりがもれ聞こえていたのか、彼女の鳶《とび》色《いろ》の瞳は好奇心で爛々《らんらん》と輝いていた。彼は帽子の庇《ひさし》にちょいと手をやって「失礼しましたな」と言って通りに出る。

開店準備中のジミーの店に赴き、ウィルバーが話したことの真偽を問うた。予想通り、店主はあっさりと彼のアリバイを証明した。それはそうだろう、あの利発な男がすぐにばれる嘘をつくとは、クーパーも考えていなかった。名前が挙がった他のメンバーのところも回ったが、結果は同じだ。

かくして、ウィルバーとオービルの嫌疑は晴れたのであった。しかし……

クーパーの胸には、説明の困難なもやもやとしたものが遺った。人の嘘を見抜くことにかけては天才だ、とひそかに自任しているおれの直観が、彼らはクロだ、と叫び続けていたからだ。たとえ、二人がどれほど堅牢なアリバイに守られていたとしても。

「判らん。実に奇妙だ」

その六年後、クーパーは不慮の自動車事故で命を落とすが、彼が抱えた石のように重い謎は、ついに解けることがなかった。

ウィルバー・ライトとオービル・ライトの兄弟が人類初の動力飛行を成功させたのは、それからさらに半年後の一九〇三年十二月十七日のことだった。彼らがいつから世紀の大発明を完成させていたのか、本人たちより他に知るよしはない。

タイタンの殺人

1

地平線の彼方から巨大な惑星が昇ってくる。

表面には赤道と平行に縞《しま》模様が走り、両極は緑色が濃く暗い。地球の七百五十五倍の体積、九十五倍の質量。それを取り巻く直径二十七億キロの壮麗な氷粒子の輪――土星である。

そしてここはその土星の第六衛星であり、太陽系唯一の大気を持つ衛星であり、地球連邦の第五植民地であるタイタン星。ドームに包まれた星都タイタン・シティーには三百万人の地球人と千人ばかりの異星人が住んでいた。西暦二一××年。地球人は青い星からあふれ、他の惑星、衛星に植民地を築いて人口爆発による破滅を何とか回避していた。その宇宙工学の飛躍的な進歩は、二〇〇〇年代後半から地球人と交流の始まったエイリアンたちの技術に負うところが大きかった。現在、地球と交流のある星は三つ。どのエイリアンも友好的で、ここタイタン・シティーでも好戦的な地球人ともさしたる摩擦を起こすことなく、平和な共存が保たれていた。

(静かな夜だ。こんな夜は神様まですやすや眠ってるんだろう)

タイタン・シティー警察本部刑事課のヤーマダ警部はそんなことを考えながら、ぼんやりと窓の外を眺めていた。中天では三つの月――タイタンと同じく土星の衛星だ――が鈍く輝いており、その下では明かりの消えた都市がうずくまっていた。タイタン宙港ビルのデジタル時計塔がA―十時を示している。大方の市民はそろそろベッドに入ろうとしている時間だ。

「タイタンは今夜も平和ですね」

そう言いながらターナカ刑事が熱い火星紅茶を運んできた。日本州出身で警部とは同郷のまだ若い部下だった。年齢は親子ほども離れている。

「このところ大した事件も起きていない。われわれが暇だというのは結構なことだよ。――ああ、ありがとう。眠気覚ましにちょうどいい」

ヤーマダはカップを取ると両掌で包み込むようにして啜《すす》った。

「今月に入って窃盗が二件、地球人同士の喧嘩が二件。これがこのシティーで発生した犯罪のすべてですからね」

ターナカは警部の前の席に掛けると、上司と同じように窓の外を見やった。欠伸を嚙み殺そうとしている。

「エイリアンたちは実に紳士的だ。われわれの仕事ときたら、もっぱらけしからん地球人を捕まえることだからね」

「この調子だと警察官の人員削減案が市議会で提案されかねませんね」

「そいつは困る。私の齢になると再就職も難しいんだ」

警部の軽口にターナカは笑った。

「おかわりはいかがですか？」

彼がそう言った時、突然けたたましいトレモロ音が部屋中に鳴り響いた。事件発生の知らせだ。ターナカの持ち上げかけたティーポットがぴたりと静止する。

「どこだ？」

ヤーマダは中腰になって、事件発生現場を示すボードに目をやった。

明滅する赤いランプを見て、ターナカは叫ぶように言った。

「二十四区のアフロディーテホテルです！」タイタン随一の名門ホテルだ。

「どこかの誰かに私たちの愚痴が聞こえたらしいな。よし、出動だ！」

二人は刑事部屋を出ると、チューブに飛び込んだ。タイタン・シティーの主要な建物はすべてこのチューブと呼ばれるパイプ状の交通機関で結ばれている。無重力のパイプの中を二人は飛び、一分後には現場のアフロディーテホテルのフロントに到着した。とほぼ同時に、別のチューブから鑑識課のガーンジーが現われた。

「やぁ、警部。何事かね、一体」

小脇に極軽金の鞄を抱えた小太りの彼は刑事らに尋ねかけた。

「われわれだって着いたところですよ。蒼い顔をしてこっちに走ってくる支配人の話を一緒に聞こうじゃありませんか」

シルバースーツの支配人は前髪を揺らしながら駈けてくると、三人の前でつんのめるようにして止まった。アラブ系だろう。中東の王族のような上品な顔の、五十歳ぐらいの女性だった。

「た、大変です。お客様が大変なんです」

冷静さを失っている支配人に「まぁ、落ち着きなさい」とヤーマダは言った。

「地球からの宿泊客が何かトラブルでも起こしたんですか？　ご婦人の宝石が盗まれでも？」

支配人は目をつぶってかぶりを振った。

「恐ろしいことに、お客様が殺されたんです。さ、殺人事件です」

「何、殺人だって？」

警部は顔をしかめた。もし本当ならば、この星の上で六年ぶりの殺人事件――ちなみに前のそれは悲惨な夫婦喧嘩だった――ということになる。

「四七〇一号室です。ご案内しますわ」

そう言うと支配人はさっさとエレベーターチューブに向かいだし、三人はその後に続いた。ターナカが咳払《せきばら》いをする。初めての殺人現場に緊張しているな、と警部は思った。が、彼にしたところで殺人事件を手掛けるのはこれが二度目のこと。気がつくと自分も同じように空咳を払っていた。

四十七階に着いた。問題の客室の前には肩幅の広い屈強そうな男が立っていた。その濃紺の制服は警備員のものだ。近くに寄るとその陰にもう一人、童顔のボーイがいた。警部らと目が合うと、警備員がドアをさっと開く。

「ご苦労でしたね、スーズキ警備員。——こちらです、刑事さん」

支配人に促され、捜査官たちは部屋に足を踏み入れた。犯行現場の四七〇一号室は五角形をしていた。対角線は十メートルほどあるだろうか。白を基調とした明るく小ざっぱりとしたその部屋の一番奥の壁際に、地球人の死体が一体転がっていた。三十歳ほどの小柄な男だ。

「こいつはえらいことだ」

ガーンジー鑑識員は鞄からホログラフビデオカメラを取り出すと、まず現場全体をなめ回すように録画した。それからゆっくりと死体に歩み寄ると、屈《かが》み込んで検視にかかった。ヤーマダとターナカは横からその様子を窺う。

「頭をやられていますね」

ひと目見れば判ることをターナカは口にした。ふん、と鑑識員は鼻を鳴らす。

「レーザー銃で撃たれておる。後頭部をごく近くからな」

至近距離から撃たれた証拠に、後頭部から入ったレーザーは頭を貫通し、額から抜けて壁にも黒々とした深い穴を穿《うが》っている。付近に凶器らしい銃は見当たらなかった。死体の傍らには受話器が転がっている。

「では即死ですかね？」

警部が尋ねると、ガーンジーは大きく頷いた。

「確信を持って言えるな。即死だよ」

「死後どれぐらい経過していますか？」

「まだ間がない」

インド州出身の鑑識員が言った時、「そりゃそうですよ」という声が背後でした。

「そりゃそうだ、とはどういうことですか？」

ヤーマダは声の主である警備員に向かって訊いた。

「まだ死んで十五分とたっていないはずです。間違いありません」

警備員の隣りの支配人も軽く頷いている。

「どうしてそう断言できるんですか？」

スーズキという名前からしてこれまた日本州出身らしい警備員は顎《あご》を引いて質問に答える。

「被害者は殺される直前に別館にある保安室に助けを求めてきたんです。その電話を受けたのがこの私で、それがA—十時ちょうどだったことははっきり覚えています」

ヤーマダがぼけっと夜の景色を眺めていた時間だ。——彼らはちらりと死体を振り返った。その傍らの壁にアンティークな据え付けの電話があるのを今一度確かめる。

「助けを求めるとは、具体的にはどんな内容だったんですか？」

警部が尋ねると、彼は低い声でゆっくりと答えだした。

2

A―十時。

スーズキは銀河系共通語の初級会話ハンドブックを手に、保安室の椅子に掛けていた。嫌いな共通語だが、苦手のままではすまされない。ここは格式あるアフロディーテホテルなのだから、警備員に求められるものも他所《よそ》とは違う。

「イテ・ウヌ・セルレ……イートル。『トイレはあちらです』」

基本センテンスを復唱している時に電話が鳴りだした。彼は時計に目をやり、こんな時間に何事かと思いながら受話器を取った。

「はい、保安室です」

エイリアンの客からの共通語の電話だったら困るな、と思った。以前、チキト人からの電話でしどろもどろの応対をして冷や汗をかいたことがある。

「四七〇一号室だ」

地球語が聞こえてきたのでほっとしかけた。が、それに続いた言葉は衝撃的なものだった。

「助けてくれ、殺される！」

「え？」

「殺される！——よせ！」

風を切るような鋭い音がした。レーザー銃の発射音に似ている。反射的に顔を上げて、本館の四十七階あたりを仰いだその瞬間、一室の明かりが消えた。数えてみると左から七番目。正に四七〇一号室だ。——スーズキは背筋がぞくりとするのを感じた。

「もしもし、もしもし」

彼は受話器の向こうに繰り返し呼びかけたが、応答はなかった。先方の受話器は床に落ちたのか、ごろんと転がる音だけがした。

「こいつは大変だぞ」

彼はフロントを呼び出し、四七〇一号室で事件が発生したらしいので急行すると告げてから本館に向かうチューブに飛び込んだ。四十七階に到着したのは通報を受けておよそ一分後だった。柔らかな間接照明に照らされた廊下には人影はなく、しんと静まり返っている。

彼はホルスターの上からレーザー銃に手を置きながら、やや腰を落とし気味にして四七〇一号室へ小走りに進んだ。チャイムを鳴らしてみたが五秒待っても返事がない。旋錠されているようだったので彼はマスターカードキーを取り出すと、ノブの下のスリットに入れた。ドアは音もなく開き、左の壁に吸い込まれる。

中は真っ暗だった。ドアの右脇のスイッチを押すと、シャンデリアの眩《まばゆ》い光がぱっと部屋を照らし出す。

奥の壁際に地球人の男が倒れているのがすぐに目に入った。彼は一瞬息を飲んだが、すぐにレーザー銃を抜いて身構えた。室内を見渡したところソファがひっくり返っている他には異状はない。

「畜生、何てこった」

毒づいているところに支配人とボーイが駆けつけてきた。彼は黙ったまま、奥の、額にぽっかり穴を穿たれた男を指差す。

「お医者を呼んでも手遅れのようね」支配人が呻《うめ》くように言う。「警察に知らせなくては」

支配人はスーツの内ポケットから携帯電話を取り出してその場で通報した。これが十時を五分ほど過ぎた頃だ。

「殺人事件なのかしら……」

電話をポケットに収めながら支配人が呟く。

「そうでしょう。『殺される』って叫んでましたから。それにあんなふうに後頭部を自分で撃つことは不可能ですよ」

「あなた！」と支配人は険しい表情になった。

「それじゃあ、殺人犯はまだホテル内にいるんじゃないの？　すぐに出入り口を封鎖してしまわなくては」

それを聞いてもスーズキは慌てなかった。

「いえ、その必要はないと思います」

「あら、どうして?」

「この部屋は旋錠されていました。私がマスターカードキーを使って開いたんです」

支配人はしばし考えた。このホテルの錠はオートロックではない。鍵も使わない。エイリアンたちの嗜好《しこう》に合わないからだ。客が任意の六桁《けた》の番号を記憶させて暗証番号を作り、その番号を合わせれば開閉するというタイプの数字錠になっているのだ。——ということは。

「犯人は逃げる時に鍵を掛けていった。暗証番号を知っていたということになる」

「もしくは、まだこの部屋の中に隠れているということですよ」

それを聞いた支配人は恐ろしげに眉をひそめた。

「本当?」

「室内には遮蔽物《しゃへいぶつ》がありませんから、洗面所に潜んでいるのかもしれません。調べてみます」

支配人は「気をつけて」とだけ言った。

スーズキは銃を構えたまま室内に入っていった。洗面所のドアは小さく開いている。体中の全神経を集中させて様子を探っても、何も伝わってこない。だから彼はあまり恐怖感を覚えなかった。

銃を前に突き出したまま、思い切って洗面所に踏み込んでみたが、そこには猫の子一匹いなかった。

支配人が尋ねる。彼は銃をホルスターに収めて客室の中に戻った。

「いないの？」

「ノモ・ニント・ノス」

「何ですって？」

「『誰もいません』」

支配人は唇を歪《ゆが》めて腕組みをした。

「共通語のレッスンは後になさい。——では、やはり犯人は錠の暗証番号を知っていたということになるわね」

「さぁ……」

「じゃあ、犯人はとっくにホテルを出ているでしょうね。いや、もしかすると犯人はこの泊まり客の中にいるのかもしれないわね……」

そう呟いてから彼女ははっと顔を上げる。

「階下に警察がくる頃だわ。私は刑事を案内してきますから、ここで待機していてください」

スーズキは「了解」と応え、ボーイを従えてドアの前に立ちはだかった。

3

警備員の話を聞き終えたヤーマダはちょっと渋面を作ってみせた。

「レーザー銃を持った殺人犯が洗面所に潜んでいたら危ないところでしたな」

「それはそうですが……」

スーズキが言いかける。

「こういう場合にあなた方が為すべきは現場保存。その一点だったんです。素人に掻き回されて大切な証拠がスポイルされることを警察は恐れているんです。今後はご注意いただきたいものです」

「今後なんて、もうたくさんですわ」

今度は支配人が渋い顔をした。

「すんだことは結構です。――今のスーズキ氏のお話に、訂正すべき箇所はありませんでしたか？」

支配人もボーイも「ありません」と揃って答えた。

「よろしい。――ところで、この部屋で体温を失いつつある地球人男性の名前は？」

支配人は宿泊者カードを警部に差し出した。

「クリス・ロービンソン。ID番号2―53―9605704438１。アメリカ州カリフォルニア区在住。三十三歳、貿易商。四日前から宿泊。明後日まで予約していたわけですか。――よくここを利用する人だったんでしょうか？」

「カードの裏面をご覧ください。これまでの宿泊記録がプリントされていますから」

言われて裏返してみると、三年前から半年ごとに宿泊している。滞在日数は五日から十日の間だった。

「貿易商ねぇ。何を扱っていたんだろう」

「荷物を調べればサンプルでも出てくるかもしれませんね」

ターナカが言う。

「うむ。——その前に確認したいんですが」警部は支配人を振り返り「錠の暗証番号というのは客が任意に決め、他の誰にも判らないはずですね？」

「はい。錠を解体してみなくては私どもにも判りません。非常の事態に備えてマスターカードキーも併用していますが、これはお客様にはお渡ししていません」

「だとしたら犯人はどうして鍵を掛けることができたんでしょうね？」

「さぁ、どうしてでしょうか」

「被害者から聞いていたんだとしても、何故逃げる際にわざわざ旋錠していったのか理解に苦しみます」

支配人が「さぁ」と繰り返すと、警部は再び部屋に入って、西向きの窓に寄った。上下に開閉する窓には鍵が掛かっていなかった。

「もしかすると、犯人はドアからではなく、窓から逃げたのかもしれない」

「ここは四十七階ですよ」

警備員が肩をすくめた。

警部は黙ったまま窓を開け、眼下を見下ろした。タイタニア・アヴェニューの灯が宝石のように小さくちらちらと瞬いており、道行く人は蟻のようだった。ヤーマダはヒューと短い口笛を吹く。

「こりゃ目が眩《くら》みそうだ」次に上を見て「バルコニーがないし、足場になりそうな突起も一切ありませんな」

警備員は今度は嘆息する。

「刑事さん、窓からは逃げられっこありませんって」

「地球人にはね」

彼の言葉にターナカを含めた一同は怪訝《けげん》な顔をした。

「それはどういうことですか？」

支配人の問いに警部は窓を向いたまま答える。

「被害者ロービンソン氏は貿易商だということですが、地球の民芸品でも扱っているんではありませんかな。エイリアンたちの間では地球の素朴な人形やら木彫りの動物やら、その他がらくたのようなものがたいそう人気を呼んでいるそうですから」

「ああ、そう言えば」

とボーイが手を打つ。

「思い出しました。ラウンジで彫金細工のようなものを取り出して、エイリアンのお客様とお話しされているところを見たことがあります」

「ほぉ、やっぱり」

「それがどうかしたんですか、警部？」

「まだピンとこないのかね、ターナカ君？　犯人がエイリアンならばこの現場の不可解な状況に説明がつくじゃないか」

「エイリアンが殺人犯ですって？」

　ターナカは合点がいかない様子で訊き返した。

「そうだよ。彼らの中にはこの窓から出入りできる者がいるじゃないか」警部はこちらを向き直った。「このホテルにはエイリアンも大勢泊まっていますね、支配人？」

　彼女は「そう大勢でもありませんが、いつも何名様かは」と答える。

「その中で被害者と接触のあった者をピックアップする必要がありそうですな。――君」とボーイに向かって「君が見た時、ロービンソン氏はどんなエイリアンと商談をしていたのかね？」

「チキト人のお客様でした。あまり和やかな商談風景ではありませんでしたね」

「口論でもしていたんですか？」

「はい。早口の共通語だったのでよく聴き取れなかったんですが、『契約不履行だ』とチキト人のお客様がお怒りのご様子でした」

　それを聞いてヤーマダは小さく頷いた。

「商談のもつれからの犯行かもしれない」

「しかし、エイリアンが地球人を殺しただなんて話は聞いたことがありませんね」

警備員の言葉に警部は「ちっちっ」と舌を鳴らして人差し指を振る。

「あなたが知らないだけです。エイリアンによる地球人殺害事件は火星でもガニメデでもこれまでに発生しています。稀《まれ》な事件ではありますがね」

警備員も支配人も口をつぐんだ。

「警部」

被害者の大きな鞄を改めていたターナカが手招きをした。警部が覗き込むと、思っていたとおりの工芸品のパンフレットや雑多なサンプルが詰まっていた。彼はまた頷き、支配人に指示する。

「現在宿泊中のエイリアンの名簿を作って見せてください」

4

ホテル内の聞き込み捜査の結果、貿易商ロービンソンは三人のエイリアンと商談中であったことが判った。そして、目撃者らはいずれも被害者と相手のエイリアンの間には険悪な雰囲気が漂っていたと証言した。商談相手は何らかの理由で被害者の不誠実さを詰《なじ》っていたらしい。

警部は支配人から空いた客室を一つ借りると、そこに三人のエイリアンたちを順に呼んで事情を訊くことにした。夜も更けてきたことであるし、明朝にしてもらえないかと支配人は渋ったが、「これは殺人事件ですよ」と警部はその頼みを一蹴《いっしゅう》したのだ。

最初に呼ばれてやってきたのはチキト人だった。彼は、ベッドに入ったところを呼び出されて大変迷惑だ、とまず抗議した。

「おっしゃることはごもっともですが、殺人事件の捜査なのです。物盗りとはわけが違います。その重要性、緊急性をご理解いただきたく思います」

ヤーマダは流暢《りゅうちょう》な共通語で非礼を詫び、協力を求めた。

「地球人の世界というのは全く物騒で困りますね」

チキト人はなおも憮然《ぶぜん》とした様子で脚を組んだ。身長一メートル足らずの彼は、そうして床に届かない両足の先を苛立たしげにぶらぶらとさせる。肩幅ほどもある大きな頭部、兎のように長く先が折れ曲がった耳、黒目しかない大きな双眸《そうぼう》、めり込んだ鼻。

(いかにも知能が発達した顔立ちではあるけれど……)

ヤーマダは向かい合っている相手の方がより高度な文明を持った星からの来訪者であることは承知しながらも、電灯の光を受けて光るそのぬめりのある皮膚に軽い嫌悪感を禁じ得なかった。

(いかんいかん、捜査官が偏見を持つなどということをしては)

警部は胸の内で自らを戒める。

「それで私に何を訊きたいというのですか? 手短にお願いしたいのですが」

「はい。あなたは殺されたクリス・ロービンソン氏とビジネスをなさっていましたね？」

「ええ」とチキト人は認めた。「ロービンソン氏を通じて地球上の工芸品を仕入れにやってきました。私は母星で地球の物産を手広く販売しているんです。先程は地球人に対してつい失礼な言辞を弄《ろう》してしまいましたが、私はあなた方の美的感覚には常日頃深い敬意を払っています。特にその造形能力は素晴らしい。シンプルで、力強くて、原始の息吹《いぶ》きのようなものが伝わってきます」

未開人扱いされているのだろうか、とヤーマダは思う。

「ロービンソン氏とは以前からビジネスをしてこられたんですか？」

「一地球年ほど前からです」

「昨日、ラウンジで口論をなさったのではありませんか？」

チキト人は「くわっ」と高い声を発した。嘲笑《ちょうしょう》にも聞こえる。

「隠しだてするつもりはありません。確かにあまり穏やかならぬ会話をいたしました」

「その原因は何ですか？」

「ロービンソン氏に契約違反があったからです。先月納品されたのが私が発注したものとは似ても似つかない紛《まが》いものだったのです。私は強く抗議したのですが、契約書の文言に曖昧な部分があったために彼に撥ねつけられました」

「失礼ですが、その契約書にはあなたご自身がサインなさっていたのではありませんか？」

「それはそうですが、彼は明らかに悪意をもって文言にトリックを加えていました。地球外星人の理解を超えた巧妙な欺瞞《ぎまん》的レトリックが施されていたのです。『商事法廷で争ってもいいのか』と私は警告したのですが、彼は鼻で嗤っていました」

「あなた以外にもロービンソン氏と商売上のトラブルを起こしている方がこのホテルにはいらっしゃるようです」

警部が言うと、チキト人は「そうでしょうとも」と言った。

「ご存知でしたか？」

「いいえ、そういうわけではないんですが、ロービンソン氏のやり方はフェアではありませんでした。他でも同じようなことをしているに違いないと思っただけです」

「彼に対して嫌悪を感じましたか？」

彼はまた「くわっ」と嗤った。

「単刀直入なご質問ですね。不愉快だったことは確かですが、それしきのことで彼の生命を奪うようなことはしません。そんな野蛮なことは」

そんな地球人のように野蛮なことは、と言いたかったのかもしれない。

「しかし犯行はいたって衝動的なものだったと推察されます。いかなる紳士に対しても私は嫌疑をかけざるを得ないと考えています」

「大変慎重な職務態度ですね」

そんな皮肉を気に留めず、ヤーマダは彼にアリバイの有無を尋ねた。

「噂に聞いたことがある『アリバイ』ですか。地球語にしかない単語ですね」とチキト人はまた皮肉っぽく言ってから「残念ながら一人で部屋にいたものですから、アリバイを証言してくれる第三者は存在しません。弱りました」

彼はおどけて肩をすくめた。地球人の真似らしい。

警部はその両掌に鋭い視線を注いだ。小さな吸盤が無数についた掌。

(彼なら犯行は可能だった)

チキト人の両掌の吸盤をもってすれば、壁を這い登ることはもちろん天井にへばりつくことさえ可能である。開いていた犯行現場の窓から外へ出、ホテルの外壁を伝って自分の部屋に戻ることができたわけだ。

「私は無実です。それを証明するためにも、安眠のためにも一刻も早い真犯人の逮捕をお願いいたします」

そう言い残してチキト人は部屋を出ていった。

「なかなか楽しい捜査じゃないか、ターナカ君」

警部は部下に愚痴っぽく言う。

「次はパーナ人です」

ターナカは相槌を打たず、自室で待機している次のエイリアンに電話をかけた。

＊

現われたパーナ人は女性だった。他のエイリアンとは違って、パーナ人は地球人にも容易に性別が識別できる。彼女はケヅメを絨緞《じゅうたん》に引っ掛けることもなく優雅な足取りで部屋に入ってくると、警部の前の椅子にそっと腰を下ろした。

「こんな遅い時間にお呼び立てした失礼をお許しください」

警部の言葉に彼女は目を細めて微笑し、「いいえ、どうかお気になさらず」と共通語で応えた。自然な発音だったが、やはり母星語でないため無理があるのだろう。一語ごとに黄色い嘴《くちばし》がカチカチと鳴った。

パーナ人は地球風に言うなら鳥類から進化した生物だった。全身は黄緑色の柔らかそうな羽毛に覆われていて、背中には二枚の翼がある。翼の付け根からは地球人のものに似た腕が二本生えていたが、その手の爪は鋭い鉤《かぎ》型になっていた。

（衝動的に殺すなら、あの爪で喉を掻き切る方が早いかな）と警部はふと思う。

「ロービンソンさんが殺されたとか。本当にお気の毒なことです」

彼女は彼の死を悼むように少し目を伏せた。地球人的な、それも女性的なしぐさだった。

「ロービンソン氏とはどういうご関係だったんですか？」

「半年前からインターステラ・カウンター・パーチェスをしていました」

「は？」

「つまり彼はパーナ星の物産を私から仕入れ、私は地球の物産を彼から仕入れ、それをチキト星やガニス星に向けて販売していたんです。地球の品物はあちらの星の方で人気がありますから」

「物々交換みたいですな」

「そんなものです。私は商社に勤めておりますので」

「大きなビジネスをなさっているんですね」

「そうでもありません。まだ駈け出しです」

エリート商社ウーマンなのかもしれない。

「彼との間で何かトラブルはありませんでしたか？」

「やはりその件ですか」と彼女は嘴をカチカチ鳴らした。「ええ、厄介な問題がありました」

「ご説明いただけますか？」

彼女は淡々と話し始めた。その内容はチキト人のものとさして変わるところがなかった。

ロービンソンが商道徳に反した不誠実な行ないをしたので、その損害賠償を求めたが断わられたというのだ。

「私はとても困った状況に追い込まれてしまったのです。会社は担当者である私の責任を追及しようとしています。彼に誠意を見せてもらわなくては今の気に入っている職を失うことになるのです」

警部は黙って聴いていた。

「しかし、だからといって私は彼の肉体に危害を加えるつもりなど毛頭ありませんでした。

そんなことをしても何の得にもならないのですから。彼に死なれて、どうしていいのか困惑しているのです」

気の弱そうなことを言うが、ヤーマダは知っていた。パーナ人は外見ほど温和な気質でもない。地球人に次ぐ勇猛さを持ちあわせているし、地球人並みに激情することもある。特に女性にその性向が強いとも聞いたことがある。

「A—十時のアリバイをお訊きしなくてはならないんですが、お答えいただけますか?」

そう訊かれて彼女は左右に小刻みに首を傾《かし》げた。地球の鶏に似ている。

「アリバイとは?」

警部はそれがいかなる概念なのかを説明した。

「散歩をしていたものですから、A—十時にどこにいたのかと訊かれても、私自身もよく覚えていません」

「どちらの方面に散歩に出ていらしたんですか?」

「あちら」

彼女は窓の外を鉤爪で指した。そこには夜空しかない。

「つまり……飛んでらしたんですか?」

「ええ。好きなんです、この星の夜空が。土星の輪に届きそうで。土星の美しさは私の星の詩人も讃《たた》えているのですよ。地球でも翻訳が出ているはずです」

ヤーマダにとってそんなことはどうでもよかった。

「何ともロマンチックなお散歩だったんですな」

　警部は苦笑していた。夜空にいたというアリバイの真偽を見分けるのはいかにも難しそうだった。でまかせだとしたらなかなか巧妙だ。

「どうもありがとうございました」

　礼を述べてから、警部は去っていく彼女の背中を睨《にら》んでいた。

「彼女にも犯行は可能だった。空を飛べるんだから、窓からいくらでも出入りできたろう」

　ヤーマダは独白するように言った。

「犯人がエイリアンなら犯行現場に施錠されていた疑問が解消する、と警部が言われたことが判ってきましたよ」

「お次は誰かな、ターナカ君？」

＊

　最後に登場してきたのはガニス人の男性だった。

「コンバンハ、ミナサン」

　いきなり地球語で挨拶をされ、刑事らは驚いた。地球語を操れるエイリアンはタイタン在住の者の中にもあまりいない。

「ワタシハ、トモダチ」

彼はしなやかな鞭のような腕を二本、二人の刑事に同時に差し出して握手を求めた。おかしな感じだな、と思いながら刑事らはそれに応じる。

ガニス人の風貌は、大昔の作家H・G・ウェルズがSFの中で描いた火星人のそれに酷似していた。蛸《たこ》型エイリアンというあれだ。馬鹿げた空想の世界の産物だと思っていたそんな姿のエイリアンが実在していたと知った時、地球人は仰天した。そしてひと頃はウェルズが再評価されて一大ブームが起こったものである。

「どうぞこちらへお掛けください」

ヤーマダが言うと、彼は「アリガトウデス」と言いながらずるずると這い寄ってきた。起立すれば身長が五、六メートルもあろうかという彼にすれば、地球人の建物の中では十数本——脚の本数に個体差があるのだ——の長い脚——脚でもあり腕でもある——を折り曲げて這うしかないのだ。あまりいい心地ではないだろう。

「クリス・ロービンソン氏をご存じですね？」と警部は切り出す。

「コロサレタ」

「ええ。殺されたロービンソン氏です。あなたの知っている人ですね？」

「シッテイタ」

「共通語でお話しいただいても結構ですよ」

ヤーマダはそう共通語で話しかけたが、相手はよほど地球語に自信があるのか、「ワタシハ、チキュウゴデス」と返答した。

（好きなようにするさ）

彼は前の二人にしたのと同じ質問を繰り返した。

「ろーびんそんサン、ヨクナイ。ワタシハカレニダマサレタ。チキュウノモノ、タノンダノニ、カセイデックラレタニセモノ、オクッテキタ。アンナショウバイニンハトテモイケナイ。ホカニモワルイコトシテイタミタイデスヨ」

「地球語でなくても結構ですよ。正直に申しますと読みにくい、いや、聴き取りにくいんです」

「ゴメン」

ガニス人は短めの腕を一本上げて、ぽりぽりと頭を掻いた。

「つまり、彼が誠意を欠いたことをしたため、あなたはたいそうご立腹なさっているわけですね？」

「はい、そうです」

二人の会話は共通語に切り換えられた。

「率直に申しまして、私たちはロービンソン氏によって不利益を被った方の中に犯人がいると考えています。ですから、彼との間でトラブルを抱えていた方みなさんにアリバイをお訊きしているのです。アリバイというのは――」

「知っています」蛸型エイリアンは警部の言葉を遮った。「ゲンバフザイショウメイ、デスネ？」

(どこでそんな言葉を覚えるんだ?)と警部は思った。あなたはどこで何をしていらしたのですか?」

「ご存じでしたら話は早い。犯行時間のA—十時に、あなたはどこで何をしていらしたのですか?」


「自分の部屋です。書類の整理をしていました。私がタイタンにやってきたのはロービンソンさんと会うためだけではありません。いくつもの商談を並行して行なっているのです。昨日はあちこちで七つもの契約を交わしたので、それに関する事務処理だけで大変なんです。ここへ呼ばれるまでも、ベッドに入るどころかずっと仕事をしていましたよ」

「ご多忙なんですね」

「ええ。いくつ手があっても足りないぐらいです」

警部は噴き出しそうになるのをこらえた。

「そうするとアリバイの証人はいらっしゃらない?」

「いません。A—十時十分頃にルームサービスを取りましたが、それでは駄目なんでしょうね」

「はい」と言いながらヤーマダは一応後で確認しておこう、と思った。

「他にご質問は?」

「ありません。夜分にお呼び立てして申し訳ありませんでした」

ガニス人はたくさんの脚をうねうねと器用に操りながら出ていった。

「ターナカ君、彼が泊まっている部屋は何号室だね?」

「四八〇一号室です」

「犯行現場の真上の部屋というわけか……」

「そうですが、それが何か？」

「うむ、まぁな」警部はもったいぶって間を措《お》いてから「現場の窓から彼が身を乗り出して、腕を伸ばせば自分の部屋の窓に届くな、と思っただけだよ」

「つまり、あのガニス人にも犯行は可能だったということですか。うーん、これはまた嫌な展開になってきましたね。容疑者を三人に絞り込みたいというのに、その三人ともが犯人たり得るとは。——こうなったら凶器の発見に捜査の的を絞らなくてはなりませんね。犯人にはまだそれを処分する間がなかったでしょうから。うん、それだな」

ターナカがぶつぶつとしゃべっている隣りで、ヤーマダは黙って何事かを考えていた。

ノックの音がした。警部にはそれが耳に入らないらしい。

「どうぞ」とターナカが応える。

現われたのは支配人だった。心配ごとの塊を背負ったような顔をしている。

「深夜の取り調べに皆さん憤慨なさっていませんでしたか？」

「ありがたいことに、どなたもいたって協力的でした」

そう返答する警部を彼女は疑わしそうに見る。

「伝統と格式あるアフロディーテホテルとしては、こんなつらい夜は初めてですわ。——それで犯人の目星はついたんですか？」

「いえ、まだ何とも」

警部は言いにくいだろう、と思ってターナカが答えた。と、ヤーマダは「ちっちっ」と舌を鳴らす。

「私には判った」

「え、何がです!?」と後の二人が同時に叫んだ。

「何がってクリス・ロービンソン殺害犯人だよ。あの三人のうちの誰が犯人なのか、君たちには判らなかったのかい?」

読者への挑戦

ここまで読み進んでこられた読者諸兄におかれては、三人のエイリアンのうちの誰が真犯人なのかは自明のことであろう。読者はヤーマダ警部と全く同じ情報を得ている。論理的な考察によって犯人を指摘することはさして難しくないはずである。

犯人は一人。共犯者はいない。

さて、それは誰なのか?

5

「犯人が判ったっておっしゃいますが警部、施錠された部屋から逃走することは、どのエイリアンにも可能だったではありませんか。チキト人は吸盤のついた手で外壁を這うことができたし、パーナ人は空を飛べた。ガニス人は真上の自分の部屋に腕が届いたんですから」

ターナカは合点がいかないらしい。

「ああ、それはそうだ。しかし、犯人である条件を備えた者は一人しかいなかったね。——まぁ、お掛けください な」

警部に促されて、支配人はエイリアンたちが座った椅子に腰を下ろした。

「誰なんです？」

「そう焦らずに。よく考えれば簡単に判ることです。手掛かりはスーズキ警備員の証言の中にあったんですよ」

ターナカは慌てて電子手帳の画面をスクロールし始めた。

「メモを見るほどのことでもないよ。スーズキ警備員の証言はざっとこういう内容だ。——A——十時ちょうどに別館の保安室に電話が入った。『助けてくれ、殺される』という声に続いて銃声がした。彼がはっとして本館を仰ぎ見ると、その瞬間に四七〇一号室の明かりが消えた」

「ええ。それからフロントに事件発生を連絡して――」

「その後のことはいいんだよ。手掛かりはこの中にある」

「はぁ……」

そう言われてターナカは手帳を閉じた。

「ところで現場の状況を思い出してみよう。被害者ロービンソン氏は部屋の一番奥の壁際で、至近距離から頭を撃ち抜かれて死んでいた。その傍らに死の直前まで握っていたアンティーク電話の受話器が転がっていたね」

「はい」

「この部屋は正五角形をしていて現場と同じタイプのものだが、さて広さはどんなものかな？　ドアから一番奥までは？」

ターナカはそれしきの問いにしばし考え込んだ。

「……十メートルほどあります」

「そんなものだな。ところで電灯のスイッチはどこにある？」

「ドアのすぐ右脇です」

警部はいかにも気持ちよさそうににやりと笑った。

「犯人が発砲した次の瞬間に部屋の明かりが消えた。被害者は即死だったんだから、これは明らかに犯人が消したわけだね。とすると、犯人は広い部屋の一番奥で被害者を撃った次の瞬間にドア脇のスイッチを押すことができた者ということになるじゃないか。三人のエイリアンのうち、それに該当するのは誰だろうね？」

「そうか……」ターナカは嘆息した。「それだけ長い腕を持った者だということですね？」

「あぁ」と支配人が自分の頬を両掌で挟む。

「それじゃ犯人は……」

「あのガニス人だよ」

そう短く言うと、ヤーマダは首を捻って窓の外を見た。ひと仕事終えるたびにくゆらす地球煙草に火を点ける。

（それにしても）

今夜の土星はことのほか美しい、と思った。

Intermission 4：　幸運の女神

〈トモコ。そこにいるかい？　今、日本は午後二時だから、ばりばり仕事をしている最中かな。そちらの都合を考えずに、好き勝手な時間に呼びかけてすまない。どうも僕は君に甘えるくせがついてしまったみたいだ〉

〈ハーイ。大丈夫、あなたのトモコはここにいるわよ。そっちは真夜中でしょ。何か悩みごとがあって寝つかれないのかしら。もしそうなら、お付き合いできるわ。お気に入りのコーヒーショップのお気に入りの席で、来週号の記事をまとめ終えて、ひと息つこうとしていたところだから。それより、先週のトラブルは解決した？〉

〈そうそう。その報告をしなくちゃならなかった。あれは実は、猫のことだったんだよ。君が言ったとおり北の方角をあたった。尋ね猫のポスターを作って、日曜日に貼って回ったんだ。そうしたらどうだい。夕方、家に戻るとさっそく留守番電話にメッセージが録音されていたんだ。ポスターを見たお婆《ばあ》さんからで、お宅の猫らしい仔猫をうちで預かっていますよって。すぐに飛んでいったら、間違いなく僕のハニーだった。そんなに早く結果が出るなんて思ってなかったから、奇跡かと思ったよ。ありがとう、トモコ。君の能力は人知を超えている。本当に素晴らしい〉

〈ああ、よかった。それはおめでとう。お役に立てて、私もうれしい。でも、そう聞いてもこっちも信じられないような気分。だって、私はごくごく平凡な女で、超能力めいたものを発揮したことなんてなかったのよ。フリーランサーのライターとして、成功する近道なんていうのも浮かんでこないし。自分の利益はさておいて、きな臭くなっている世界の危機を救う力でもあればいいのにね。私、あなたのためにだけ魔法が使えるのかしら〉

〈きっとそうだよ、僕の幸運の女神。君のアドバイスは、必ずいい結果を招いてくれる。お返しができないのが心苦しいけれど、巡り合えて僕は幸せだ〉

〈たどたどしい英語で綴った私の直感が、遠い国のあなたを助けていたなんて、不思議で仕方がないわ。ねぇ、初めて私たちがインターネットであいさつを交わしてから、もうすぐ一年になるのよ〉

〈わぉ！　あの占星術のサイトで出会ってから一年か。日本の女性としてはありふれたものだと言うけれど、僕は君の名前を目にした瞬間、霊感に打たれたんだよ。一周年には何かお礼の品を贈らせて欲しい。せめてもの感謝のしるしに〉

〈そんなことより、今夜はどんなことがあなたの安眠を妨げているのかしら。遠い島国の首都のコーヒーショップの片隅でお答えするわよ。このノートパソコンで、いつでも、どこからでも、あなたにメッセージを送ってあげる〉

〈じゃあ、薔薇色の爪をしたその細くしなやかな指でキーを叩いて、迷える仔羊に道を示しておくれ。僕はね、進むべきか留まるべきか決断しかねているんだ。例によって詳しいことは書けない。ゴーかストップかだけ教えて欲しい〉

〈ゴーかストップかだけ？　もしかして、会社を変わろうかどうしようか迷っているのか

しら。それは聞かない約束だけど〉

〈すまないね〉

〈ストップよ。何だか知らないけれど、今はよしておいた方がいい〉

〈判った。君の霊感を信じて行動するよ。きっと、それでうまくいくだろう。ありがとう。また、明日にでも連絡する〉

ノックの音がした。彼は慌ててラップトップのパソコンを机の引き出しにしまい、「入りたまえ」と重々しく応えた。

＊

ドアが開き、副大統領が入ってきた。苦渋をにじませた、堅い表情をしている。

「時間がありません、大統領閣下。ご決断をお願いします。ナイト・イーグル作戦はいつでも発動できます」

彼は鋭い眼光で副大統領を見すえる。そして、確信に満ち満ちた声で言い切った。

「中止だ。和平交渉を再開しよう」

「判りました、閣下。今回の選択も正しいものと信じております」

夜汽車は走る

いつもいつも　とおる夜汽車
静かな　ひびきけば
とおい町を　おもいだす

夜汽車に揺られながら、ぼんやりと車窓を眺めていると、しきりに降る雪の向こうを小学校が横切った。そのせいだろうか。そんな歌が、ふと彼の脳裏に浮かんだ。少し歌詞が違っているかもしれないが、仕方あるまい。小学校の二年だったか、三年だったか、もう三十年ほども前、音楽の時間に習った歌なのだから。とうに忘れていた歌が、妙に鮮やかに甦ることがある。記憶というのはおかしなものだ。

駅を通過する。屋根のないホームのはずれには、かなりの雪が積もっていた。明かりはすぐに走り去る。車窓はたちまち闇に塗りつぶされ、単調な線路の音が乗客の疎《まば》らな車内にわびしく響き続ける。

さっきの歌は『よぎしゃ』という題名だったっけ。外国の歌だったろうか？　長調の曲のくせに、描かれた情景はどこか淋しげだったことが印象的で、とても心が惹かれた。布団の中で、町はずれから聞こえてくる夜汽車の線路の響きを聞くのが好きだったせいもあるだろう。哀しくて、淋しくて、やるせないように感じることもあったが、その音は彼の原風景と呼んでもいいものになっていた。想像だが、海辺の家で育った子供にとっては、潮騒がそれと同じようなものに当たるのだろう。

確か、これはテストの課題曲だったはずだ。リコーダー——ただ縦笛とだけ言っていたが——で同じメロディを二回なぞるだけのテストだったが、何かにつけ不器用で、楽器を操ることも苦手だった彼にとっては気が重いことだった。ランドセルをしょったまま、下校途中の土手の斜面で、自分の指のふがいなさを呪いながら、繰り返し練習したものだ。家に帰って練習すると、母と兄が、「やかましい」だの「下手くそ」だの嫌な言葉ばかりを投げかけてくるので、がまんならなかった。自分だって好き好んで笛など吹いているわけではないのだから。

それにしても、学校というところは嫌な場所だった。陰気な教室に押し込まれて、退屈な話をくる日もくる日も聞かなくてはならないのも面白くなかったが、それはまだいいのだ。一週間のうち数時間だけだが、好きな授業も中にはあった。苦痛だったのは、どのクラスにも必ず一定の人数だけ、顔を見るのも不愉快な人間がいたことだ。高学年にもなると、学年が変わっても、やれやれようやくクラス替えになった、と喜ぶこともなくなっていた。嫌な奴は無尽蔵にいるのだから、事態は決してよくならない。これまで以上に悪くなる確率だって高いのだ、という諦めに達していたからだ。そりの合わない級友だけが嫌だったのではない。絶対的権力を握って自分たちの上に君臨する担任教師の存在も、何とも鬱陶しかった。『いい先生』に当たったこともなくはなかったが、その先生は他の優等生たちや、活《い》き活きと悪さをする問題児たちにばかり興味を示し、彼のように目立つところのない児童への接し方は等閑《なおざり》なものにも感じられた。今になってみるとそれはひがみからくる錯覚かもしれないとも思うが、当時、そう思っていたことは事実だ。

級友や教師のことは措《お》いておいてもいい。実のところ、意にそわないことを次から次へと強要してくる学校というシステムそのものを彼は憎んでいたのだ。こちらが理解しかねていることを承知の上でどんどん進んでいく授業。それだけでも充分に不快なのに、実験をするから理科室に移動しろだの、体操服に着替えて体育館に集合しろだの、絵の具と画板を持って校庭に出ろだの、芋を切ってカレーを作れだの、笛を吹けだの……。さらにさらに、まだ許さないぞとばかりに、バスに乗って遠足に出かけるぞだの、ビールがどうやってできるか工場見学に行くぞだの、運動会と学芸会があるからできるまで練習するぞだの、矢継ぎ早にああしろこうしろと、うるさいこと夥《おびただ》しい。栗拾いは楽しかった。ビール工場も面白かった。しかし、今そんなことをしたい気分とはほど遠いよ、と毒づきたいことの方が圧倒的に多かったのだ。

あなたの好きな言葉は、と訊かれる機会などめったにないが、もし尋ねられたら彼は自由と答えることに決めていた。自由というのは、学校という名のあの冷たい空間のどこを捜しても、かけらほども存在しないものだったから。

そんなふうに考えるのは自分だけなのだろうか？

よく判らない。実のところはそう感じながら学校生活を耐え抜く人間は少なくないような気もするし、やはり自分は並みはずれて偏屈で根が暗いのかもしれない。世の中には教師を志望する人間も多い。職業として教師を選び、職場として何十年も学校に通い続けるということが、彼には信じられなかった。そんなことをして口を糊《のり》するぐらいなら、肉体的にきつい仕事や少々危険が伴う仕事、あるいは汚れ仕事の方がよほど好ましいではないか。学校も悪くない、と思える精神構造の人間だけが教師になって学校に舞い戻っていくとしたら、学校というところに漂う絶望感は決して拭《ぬぐ》われることがないだろう。
——可哀相な子供たち。がんばって、がまんをしなさい。幼い心にはまるで永劫《えいごう》に感じられようとも、懲役には終わりがあるのだ。その日まで歯を食いしばって耐えるしかないのだ。

それほど嫌った学校生活だが、親しい友人が一人もいなかった、というわけではない。学校の内でも外でも人並みに級友と交わったたし、告白めいたものを交換できるほど親しく付き合っていた友だちも一人いた。井出《いで》だ。酒屋の息子で、勉強はよくできるくせに、大人を小馬鹿にしたような態度をとるのが災いして、教師の受けが悪い男だった。土手や川原に腰を下ろして、二人で長々と話し込むことがよくあった。どんなことを話したのかほとんど覚えていないが、一つだけ忘れられないことがある。小学校の六年生だっただろう。そして——そう。それも、夜汽車に関する記憶だった。

車窓を、また駅が流れ去る。

＊

どれだけ小さな頃のことを覚えているか、を競い合っていたのだと思う。井出は二歳の時に妹が生まれたのを覚えていると言い、彼はそんなことがあるはずない、と相手を半ば嘘つき呼ばわりした。彼自身は幼い頃の記憶をいくら懸命に遡《さかのぼ》っても、幼稚園の年少組の時のことしか明瞭《めいりょう》に思い出せなかったからだ。井出は井出で、そんなに新しい記憶しか遺っていないのは変だ、とまるで落ち度を責めるかのように言い、二人はしばしば、じゃれるように口論をした。

と、そのうち。彼は、ずっと以前から抱いていた疑問を思い出し、物知りの井出に意見を求めてみる気になった。

「何歳かよう覚えとらんのやけど、不思議な記憶があるんじゃ。汽車に乗って、どこかを走っとったんやけどの」

彼は、思い詰めたような表情になっていたかもしれない。

「そいつはいつじゃ？」

井出が訊く。

「全然、判らん。幼稚園に入るよりずっと前やったような気もするけど、そげなふうに記憶がぽつんと飛んであるのはおかしいんじゃけど……」

井出はおかしくない、と言った。

「記憶なんか、途切れ途切れに遺っとるもんじゃろ。おかしいことないが」

「そらぁ、そうじゃろうが……」

井出は話の先を促した。

「汽車に乗っとったんじゃ。夜でな。えろう暗かったんじゃ。真冬やったんやろな。雪がいっぱい降っとったと思う。さびしーい感じやった。ほいで、わしの隣りに、おかあはんが座っとったような気がするんやけど、記憶が間違うとるんかもしれん。とにかく、誰かおったんじゃ。当たり前じゃけど、幼稚園にも行ってない子供が一人で汽車に乗れるはずないしぃ」

それが何なんだ、と井出は尋ねたそうにしていたが、彼の話を中断させることなく、黙ったまま耳を傾けてくれていた。

「わしらが座っとったんは山側やったけど、反対側は海やったように思う。ずっと海やった。真っ暗で、こわいような海やった。ざぶーんって、時々、波が飛沫《しぶき》を上げるみたいな音がしてたし、海にも雪が降ってるのが見えてたような気がする。それがどこなんかはさっぱり判らんけど、とにかく遠いとこやったように思う。どこか判らんのに遠いとこって言うのもおかしいけどの」

あまりにも朧《おぼ》ろな記憶。現実か夢か、まるで判別できなくなっている情景を、彼は何とか言葉にして友人に伝えようとがんばった。井出は、そんな彼を励ますように、こっくりこっくりと何度か頷いてみせる。

「それがどこかに行くところなんか、どこかから帰るところなんかも判らん。どっちかと言うたら行くところかな。どっかに着いて、知らんところに泊まったような気もするけど、勘違いかもしれん」

「ふぅん。そしたら、それが一番古い記憶やないか」

井出が決めつけようとしたが、彼はそう言い切ることができなかった。何故なら――

「だいぶ前にそのことを思い出して、おかあはんに訊いてみたんじゃ。幼稚園の時に、どこか遠いところへ二人で行かんかったかって。そしたら、そんなことは絶対にない、お前の夢じゃって言うんや。絶対、とまで言われたら仕方がないけど、夢とはまた感じが違うんやけどなぁ」

そのことを思い返すたびに不思議で、何かもどかしいような思いに囚《とら》われるのだ。そう熱っぽく話してしまってから井出の顔を見ると、相槌の打ちようもないせいか、ちょっと困ったような表情を浮かべていた。

「家の人が違うって言うんなら、夢やったんじゃろうな」

やがて、井出は尖《とが》った石を手に取って、靴底についた乾いた泥を削《そ》ぎ落としながら言った。そうとでも言うしかなかったのだろうが、あんまり簡単に片づけられては困る、とも彼は思い、自分が抱えているもどかしさと、奇妙な記憶の手触りを、さらに言葉を費やして伝えたくなってきた。

「ほやけど、夢やったらこんなに長い間、覚えてるはずもないやろう? 尻の下が暖房でほかほかしとったやとか、汽車の窓枠の下についとる灰皿をいじって遊んだんやなんていう細かいことも覚えとるんやぞ。途中で停まった駅の景色も覚えとる。おかしな駅があった」

「どんな駅じゃ？」

井出はすかさず訊いてくれる。

「小さな淋しい駅や。そこで年寄りが一人乗ってくる様子を、わりとはっきり覚えとるんじゃ。それが、変な名前の駅で……」

と、そこまで話したところで、彼は自分の記憶がやはり夢だったと、自分自身が認めざるを得ないことを思い出してしまった。それを口にすると、井出は「何じゃ」と笑うだろうが、ここまで話してしまったのだから、最後まで言うべきだろう。

「……すまん。やっぱり夢やな。その駅の名前が変なんじゃ」

「名前が変って、その時に字が読めたんか？」

井出の質問はもっともだ。

「平仮名は積み木で覚えてた」

「何ていう名前や？」

「それが、読まれんかったんじゃ」

「何でじゃ、積み木で字を覚えてたって言うたやないか？」

「わしが見たんは、漢字だけなんじゃ」

「漢字?」

井出は疑わしげな顔になる。幼稚園にも入っていない幼児の時に見た駅名を漢字だけ記憶している、というのは、彼自身、ひどく不自然な気もするのだが、本当なのだからそう言うしかなかった。

「どんな字なんじゃ?」

口で言うよりも、と彼はノートと鉛筆を取り出して書いてみせた。

驫
「こんな字があるんか、と思うやろうけど、確かこんな字やったんじゃ」

こんな馬鹿げた漢字などないことは、宿題のついでに漢和辞典で調べたことがあるので承知していた。笑われるかと思ったが、井出は真剣な眼差しで予想外のことを尋ねてきた。

「普通じゃったら四歳や五歳でこんな漢字を覚えられるはずがない。どうして覚えられたんや?」

信じられない、嘘だ、と決めつけずに質《ただ》してくるところが、頭のいい彼らしいところだった。

「わしも変に思うんやけど、覚えとるような気がするんじゃ。なんでかと言うたら、わしは小さいときに鈴がついた神社の絵馬が気に入って、おもちゃにしとったんや。それで、そこに大きく書いてあった馬っていう漢字を幼稚園の頃から知っとったんは確かなんじゃ。おかしな形しとるな、思うてな。ほやから、その記憶は幼稚園に入るちょっと前のもんなんかもしれん。——けど、馬が三ついうのは漢和辞典にも載ってなかったから、やっぱりおかしいかな」

「こんな字、あるがいや」

「え？」と聞き返した。「どう読むんじゃ？」

「この字をどう読むかはわしも知らん。ほやけど、こんな字があるのは知ってる。駅の名前についとるんも知っとる。お前は小学生向きの辞書しか調べんかったんやろう」

井出はノートと鉛筆を貸せ、と言い、さらさらと書いてみせた。

　驫木
「これで『とどろき』って読むがや。青森県にある駅じゃ」

井出が大の鉄道ファンであることを彼は思い出した。東海道本線の駅名をすべて暗記しているという自慢は聞いたことがあったが、こんなおかしな駅名まで知っているとは驚いた。

「そんな駅、聞いたことない……」

「あるがや。それを知らんとこんな字を書いたということは、お前が覚えとることは夢やない。ほんまにあったことじゃ」

そういうことに……なるな。彼は何年も抱えていた疑問に答えが出たことにほっとするどころか、朧ろげな夢に似た不思議がきっぱりと解き明かされたことが、かえって不思議なことに思えて、しばし呆気《あっけ》にとられていた。自分にない知識をたまたま友人が持っていたから解けただけのことなのだが、まるで手品のように思えて。

「お前の家の人が勘違いしとるがや」

井出は楽しそうににっこりと笑った。

その日、彼は帰宅するとすぐに表紙が破れてちぎれかけた時刻表をめくり、巻頭の路線地図を見た。井出に教わったとおり、青森県の左側、津軽《つがる》半島の付け根の海岸線を指でたどりながら捜していくと、轟木はじきに見つかった。こんなおかしな漢字があるのか、としばしその活字に見入ってから、彼はようやく胸の支《つか》えが取れたような気になった。

母親が忘れていたのだ。絶対にそんなことはなかった、だなんてボケたことを言ってくれたおかげで、長い間すっきりしない思いを味わわされた。

そう思った彼は、俎《まないた》をトントンと鳴らして夕餉《ゆうげ》の支度をしていた母親にすり寄り、鉄道地図を示しながら、自分の記憶が正しかったことを訴えた。母親の『自供』が得られれば、『事件』は完全に一件落着だ。そうなるはずだった。

だが、現実の展開は彼の期待を大きく裏切った。母親が否定したのだ。それも、菜っ葉を刻んでいた包丁を彼の目の高さで小さく振りながら、どうしてそこまで強く言うのか、と彼が訝《いぶか》るほど頑《かたく》なに打ち消すのである。

「お前を連れて汽車でそんなところまで行ったことなんぞあるもんか。いつまでそんな馬鹿《はんか》臭いこと言うとんじゃ」

「ほやけど……」

「同じことを何べんも言わすな」

母親はすっかり不機嫌になった。いや、憤っていたと言う方が正確だろう。どうして母親が怒るのかがよく理解できないせいもあり、彼はこわくなって台所を退散した。息子の目にも美人と映る母親だったが、怒った顔はやけに恐ろしかった。

翌日、そのことを井出に話すと、彼も合点がいかないようだった。

「やっぱり、夢やったんかいのぉ」

確信を手放しかけると、友人は「いいや」と自信に満ちた声で言った。

「そいなことはない。あんな漢字を使う駅があることをお前は知っとったんやさけ、実際に見たことがあるんじゃ。そうでなかったら絶対におかしい」

だとしたら、やはり母親が勘違いをしているのか……？

「そうなんじゃろうなぁ」

さすがの井出も、それ以上のことは言えないらしかった。

＊

＊

また一つ、駅を過ぎる。

彼の疑問は一旦はきれいに解消したかに思えたのだが、またするりと指の間をすり抜けてしまったわけだ。謎はしばらく遺った。

真相にたどり着いたのは、それからさらに何年か経過し、中学二年になってからだった。お盆を過ぎた頃、伯母が珍しく泊まりがけで遊びにやってきた。気兼ねをしないように、信用金庫に勤める父親が出張、高校生の兄が卓球部の合宿で留守というタイミングを見計らってきた様子だった。その夜遅く、小腹をすかせた彼は、冷蔵庫に何か残りものはないかと漁《あさ》りに、二階から足音を忍ばせて降りていった。もう二時をとうに過ぎているというのに、母親の部屋からは話し声がもれていた。仲のいいことだ、と思いながら台所へ向かいかけた時、弘前《ひろさき》とか深浦《ふかうら》とかいう言葉が耳に入った。いずれもふだんは彼ら一家に馴染みのない青森県の地名だ。何を話しているんだ、と興味を覚えて、少し聞き耳を立ててみることにした。

――体の方はもう大丈夫らしいけどのぉ。誰もそばについとってやる人がおらんのが、心細いらしいが。

伯母の声。母親の重苦しい声がそれに応える。

――姉ちゃん。もう、言わんといて。私には関係ないことやが。

伯母は、ほやけど、と続ける。

――お前に見舞いにきて欲しがってた、て言う人がおったが。見舞いに行くぐらい悪いことやないじゃろ。今度、うちのとこに遊びに行くとでも言うて、いっぺん行ってあげたらどうじゃ？　不憫《ふびん》やないか。

母親は溜め息をついた。

――おせっかいなことを言う。あの人とはもう十年以上、会《お》うとらんがや。お互いに忘れたままがええが、判るやろうが。

二人の話はさらに続いた。最初は何のことやら判らなかったが、次第に内容が見えてきた。

あの人とは、青森の深浦で何か店を持っている男性で、大きな病気を患って入院しているらしい。身寄りはない。驚いたことに、母親はその男性と以前親しく交際していたらしいのだ。といっても、もちろん結婚前のことで、相手が昔、この町で暮らしていた頃の話のようだ。どうやらただの交際ではなく、結婚の手前までいって挫折《ざせつ》したらしい。そのあたりの事情はよく判らなかったが、祖父が頑強に反対して仲を裂いた、とも取れることを、伯母がちらりと口にした。両親が見合い結婚だったことも。もしかすると、それも祖父が用意した縁談だったのかもしれない。

過去の男。母親にそんな存在の男性がいることは意外だったが、それよりも、その孤独げな男に会いに行ってやってはどうか、と良識にあふれて見える伯母が焚《た》きつけていることに、彼は驚いていた。伯母は、その男に深く同情しているのかもしれない。同情するだけの理由があったのかもしれない。

――行かんよ。

母親はきっぱりと伯母に言い切った。まるで、自分自身を叱りつけるような決然とした言い方だった。

しかし、十余年前、彼女は深浦の男性のもとを訪れたことがあるのだ。今夜のように、父も兄もいない日に、伯母が与えてくれたアリバイを利用してでもしたのか、かつて愛した男性に再会するために、幼い自分を連れて、何時間も汽車に揺られたことがあるのだ。やむなく連れていった息子がいらぬことをしゃべらないように何か言いくるめてあったのだろう。そして、息子の記憶に遺ることがない旅であることを期待して出掛けたのに違いない。

彼は細心の注意を払いながら、忍び足でその場を離れ、自分の部屋に戻った。寝苦しい夜に、ますます目は冴《さ》えた。階下で聞いたばかりの話を思い出すと、息苦しささえ感じた。母も、父も、見ず知らずの深浦の男も、みんな哀れに思え、何かやりきれない気分だった。彼がその時、四歳だったとすると、若くして嫁いだ母親は、まだ二十七か八——写真で見たその頃の母親は、掛け値なしに美しかった——だったことになる。深浦に向かいながら、何を考えていたのだろう？ 暗い夜に降りしきる雪を眺め、レールの音と恐ろしげな海鳴りとを聞きながら、諦めることのつらさに歯を食いしばっていたのかもしれない。

積年の疑問——謎はもうなかった。

彼の記憶の底で化石になっていたあの驫木は、深浦から三駅めの駅だった。母親は嘘をついていた。間違いなく彼は夜汽車で旅をしたのだ。

井出は父親の転勤で中学に上がってすぐ東京へ引っ越しており、謎の真相を話すことはできなかった。もちろん、相手が身近にいたとしても、母親の生涯の秘密を面白半分にもらす気にはなれなかっただろうが。

その翌朝、母親と伯母は赤い目をして、ひどく眠たそうだった。明け方まで話していたのだろう。

母親が少し他人に見え、まともに顔を合わせることがはばかられた。

＊

ふと現実に返った時、また一つ、駅を通過した。

暖かそうな明かりが飛び去り、ますます激しく降る雪だけが闇を彩っている。ひどい降りようだが、列車は遅れることもなく走り続けているらしい。まずは安心する。まだ一時間はこのまま堅い席に腰かけていなくてはならないのか、と思うと疲れが出てきかけるが、こんなふうにぼけっと回想にふけることなどめったにあるものではない。しばらく心が漂流するままに任せるのもいいではないか。

——今宵は、あれやこれやが記憶の表層ににじみ出して、どうにも押し止《とど》めようもないようだし。

実直だけが取り柄で、まるで面白みはないけれど優しかった父親は五年前に死に、母親も若い日のロマンスを夫とわが子に隠したまま、去年、没した。伯母は二人よりもさらに前に不慮の死を遂げていて、母親の秘密を知る者は、もうこの世にいなかった。いや、深浦に住む、かつて母親が愛した男性がまだ存命なら、自分と彼だけの秘密ということになる。しかし、その男性もすでに亡くなっているだろう、と彼には根拠もなく思えていた。幸薄いまま、母親より早く死んだかもしれない、と。

彼は、母親の秘めたロマンスを、当然のように兄に話さなかった。あまり仲がよくない兄に、こんなデリケートなことをどう話していいか困ったし、その伝え方を考えることなど億劫でやってられなかったからだ。

実の兄にもしゃべらなかった。それなのに――

それなのに、結局、思いがけず大学で再会した井出に打ち明けてしまったのは、やはり鸕木駅の謎を解いてくれた本人だったからだろう。

おやおや、重症の学校嫌いのくせに、どうして大学にまで行ったんだ、と自分自身に意地の悪い質問をしてみる。答えははっきりしていた。高校に進学したのは、学校という保護された空間でさえこれほど冷たいのに、実社会へ出たらどれほど苦しい目に遭わなくてはならないのだろう、と考えると、とりあえず勝手知ったる学校生活を継続する方がまだましだと信じたためだ。実社会の方が学校よりもまだまし、と知るのは後のこと。

大学進学を決意したのは、それなりに成績がよかったために両親が希望した、という事情もあったが、五つ年上の従兄の話を聞いたことが大きかった。東京の大学に進んだ隣り町の従兄は、帰郷するたびに刺激的な都会の暮らしを面白おかしく語り、日本海に面した田舎町しか知らない彼の興味を掻き立てた。身形《みなり》などほとんど気にしていなかった従兄なのに、いかにも垢抜《あかぬ》けた風貌にみるみる変身していったことも、眩しく見えた。都会に出たい、と願うようになった。そのためだけに大学に進むのもいい。それに大学というところは高校まではまるで様子が違って、自分を縛りつけるものなどないというではないか。従兄の話に出てくるのはアルバイトとテニスサークル、それにころころ変わるガールフレンドのことばかりだ。どうやら大学生というものは、学校など相手にしなくていいらしいのだ。素敵だ。これまでさんざん嫌な思いをしてきたのだから、最後に大学という結構なところに行かせてもらわなくては割りに合わない、という気にさえなってきた。その時、高校を卒業した兄は、親戚のコネを利用して地元の鉄道会社に勤めだしていたが、本人がどう思っていたかは別にして、彼にはそんな兄の生活がいかにもくすんだものに映っていた。——かくして、彼は大学受験を目標として勉強に励み、それを成就して上京したわけだ。

期待に胸をふくらませてくぐった志望校の門。ワンルーム・マンションで始めた生まれて初めての独り暮らし。しかし、そこで彼を待っていたものは、夢のような甘い生活ではなかった。大教室での味気なく退屈な授業。時間を切り売りするだけの面白くもないアルバイト。キャンパスライフを満喫しようと飛び込んだいくつかのサークルもまったく楽しめず、何をしてもその場だけの時間つぶしに思えて、満たされることがない毎日が続いた。やれやれ、ここも楽園ではなかったようだな、と失望した彼は、生きていくことそのものが面倒臭くなりかけていた。五月病だ、と自分に診断を下したものの、初夏が訪れても気分は落ち込んだままだった。

そんな不貞腐《ふてくさ》れた暮らしをしながらも、ほとんど惰性で学校に足を向けることをやめないでいるうちに、事件が起きた。学生食堂で井出に肩を叩かれたのだ。井出は感激した様子で、いやぁ信じられない、などとひどく大袈裟な言葉を使って喜びを表わしてくれた。どんよりと暗い空の雲間から、ぱっと日が差したような気がした。そうか、東京に出てきてから、一人も友だちを作っていなかったものな。面白いことがないのも当然だったな、と気がついたのだ。六年ぶりの井出は北陸訛《なま》りも取れ、昔よりずっと快活で社交的な男に変わっていたが、話していても少しも気がおけないのは同じだった。

井出との付き合いが、また始まった。お互いの下宿を行き来して、まだあまり飲めもしなかったくせに、無理してウィスキーをなめながらダベり明かしたりした。母親の秘密を話したのは、どちらかの下宿でのことだったはずだ。真相を聞いた井出は、ふぅん、と感心したように唸ったが、それ以上は何も感想めいたものを述べようとしなかった。

やがて、井出は彼を自分が所属しているスキーサークルに誘った。スキーの経験はあまりなかったのだが、面白い奴が多い、可愛い女の子もいるぞ、と袖をひっぱるように言われるものだから、つまらなかったらすぐやめればいい、と思いながら、とりあえず入部してみることにした。

翔子《しょうこ》と出逢ったのは、そこでだった。

これ、俺の幼馴染みです、と井出に紹介されながら入部したサークルの最初のコンパで会ったのが初対面だ。陽気で賑やかなのはいいが、ややがさつ、というタイプが多かった新入女性陣の中で、彼女は言動も控えめで声も小さく、おとなしいことでかえって目立っているようなところがあった。井出がアピールしたとおり、いかにも男好きのする可愛い女の子が大勢いた。男性陣の品定めの中で、翔子は中の上ぐらいにランクされていたが、彼の目にはせめて上の下と評価してやっていいのではないか、と映っていた。かなり早い段階から惹かれていたということだろう。

スキーサークルという看板を掲げてはいたが、もとよりスポーツとしてのスキーには興味のない連中ばかりが集まったサークルだった。春秋はテニス、夏は海、冬はスキーというののが活動のメニューで、みんな、ただ体を動かして遊ぶのが好きなだけだったのだ。そうテニスやスキーにしても、汗を流した後の飲み会やカラオケが本当の楽しみというのが実態だったので、誰もがスポーツマンと自称することははばかっていた。

そんなサークルに入って喜んでいたのでもない。だが、一人で鬱々《うつうつ》と日々を過ごしていた頃の味気なさは薄らいでいった。やがて、翔子が例会やコンパを欠席した時にがっかりしている自分に気づき、本当に惚《ほ》れたかな、と自覚したのは、もう年の終わりになってからだった。

クリスマスの馬鹿騒ぎが終わり、年が明ける。いいかげんな名称のサークルは、ようやく全員がまとまって板を担ぎ、妙高高原《みょうこうこうげん》に出掛けた。車の調達がうまくいかず、臨時のスキー列車を使ってのツアーとなった。その二泊三日の間はさすがにスキー三昧《ざんまい》になったが、アフタースキーの方がさらに盛り上がったものだ。
帰りは、夜行列車だった。
彼はまた記憶の襞《ひだ》の奥に沈み込んでいく。

＊

似たような大学生風の男女を満載した列車は、遅い時間に妙高高原を出た。トランプに興じている者が数名、何やらひそひそと内緒の話をしている男同士と女同士がひと組ずついたが、過半数の者たちは、すぐにすやすやと寝息をたて始めた。滑り疲れたのか、はしゃぎ疲れたのか、単にろくに睡眠をとらなかったせいなのか、事情はそれぞれ違うだろうが、だらしなく口を開けたままの女の子やら、豪快な鼾《いびき》を発する野郎やら。観察している分にはなかなか面白かった。

彼はぼんやりと窓を見ていた。もちろん、真っ暗で景色など全く見えなかったが、ただぼけっとしていたいだけだった。酷使した体の節々が鈍く痛んでいるのは大したことがなかったが、くたびれ過ぎてかえって寝つけなくなってしまっていたのだ。昔からよくそうなった。肉体だけではなく、柄にもなく道化たことをしたり、戯言を連発したことで、精神的にもかなり疲労していた。それも、翔子の印象に遺るふるまいをしたい、と思ってのこと。しかし、二人きりで語り合うような時間はほとんど持つことができなかったのが、悔いの遺るところだった。

まだ気持ちが昼間のまま高ぶっているのと、ヒーターが利き過ぎているせいで頰が熱い。窓ガラスにそっと押し当ててみると、ひんやりと心地よかった。頰を離して窓に映る自分の顔を見つめる。筋肉を動かすと、あちらこちらに皺が寄るのを発見し、来年は二十歳か、俺もそれなりに老《ふ》けてきたな、などと思った。

「その角度じゃ翔子ちゃんの寝顔は見えないだろう？」

隣りで寝ているとばかり思っていた井出が耳許で囁いた。

「え？」

振り向くと、にやりと楽しそうな笑みを浮かべている。

「翔子ちゃんが見たいんなら席をチェンジしてやろうか？　まだ、俺の席からの方が盗み見しやすいぜ」

翔子は、通路を挟んだ彼らと隣りのシートの窓際に座っていた。ちらりと様子を窺うと、少し俯《うつむ》き加減のまま、両手を膝に置いてぐっすり眠っているようだ。

「窓に映ってる彼女に見惚《みと》れていたんだろ？」

井出は思いもよらないことを言った。誤解だ。そう言っても、なかなか信じてくれなかった。

「照れることはないじゃないか。お前、前からあの子を意識してたもんな」

それについては図星だったが、窓ガラスの中の寝顔を盗み見ていたと勘違いされるのは勘弁してもらいたかった。覗き見を見咎《みとが》めた気になられては困る。

まだ目をつぶったまま起きている者が周りにいるかもしれないので、彼は極力声を低くして、誤解であることを訴えた。あまりに強く言うものだから、井出も最後には納得してくれた。

「判った、判ったよ。寝顔を拝んでるうちにがまんできなくなって、ほっぺたをくっつけて戯れてたんじゃないことは」

「そんなことするかいや。自分に覚えがあるんやないのか」

抗議すると、まあまあ、となだめられた。

「怒るなってば。俺は新しいカップルの誕生を心から祝福して言ってるだけなんだからさ」

「新しいカップルの誕生？」

意味が判らず、聞き返した。

「うちのサークルって、高校生のグループ交際みたいで、恋人同士、なんて組合せはなかなかできないところじゃないの。そこに待望のカップル誕生だって喜んでやってんだよ。お前のことだから、まだ彼女にちゃんとアタックしてないだろ？」

「そんなことは……」

井出は、人の心にずけずけと上がり込んでくる。

「駄目だぜ、女の子をじらしたりしちゃあ。その気があるんなら、男から言ってやんないと」

「俺はじらしたりしてない。ただ……」

「ただ？」

彼はさらに声を落とした。

「打ち明ける踏ん切りがつかんかっただけや。本気になりかかってるから」

それを聞いた井出は一瞬、表情を静止させたが、やがてにんまりと微笑しながら、彼の耳に口を寄せてきた。何を言うのかと思うと……

「あらためて、おめでとう」

からかわれているのかもしれない、と思いかけた。だが、違っていた。

「翔子ちゃんはお前に気があるよ。さっき判ったんだ。あの子、眠るまで、窓ガラスに映ったお前の横顔をずーっと見てたんだ。ずーっとだぜ」

まさか。

「本当だって。俺はそれに気がついて、ちらりちらりと時々、横目で見てたけれど、切なそうな顔でただじーっとお前の顔を見つめてたよ。あの子はお前に気があるって。間違いない」

「冗談でそんなことは言わんで欲しいな」

彼は不愉快になって突き放すように言った。井出は、冗談などではない、と心外そうに言う。

「嘘をつくにしても、もうちっと本当らしい話が作れんもんかや。ええか？　彼女が窓の方を長いこと見とったんは本当かもしれんけど、わしの横顔をずっと見てたやなんてことが、どうしてお前に判るんや？　馬鹿らしい」

井出は詫びるどころか、しゃあしゃあとそんなことを言う。どうして判るのか、説明してもらおうではないか、と彼は質問を返した。

「それが、判る」

「電車の中には煌々《こうこう》と明かりが灯《とも》ってるけれど、外は真っ暗。窓を眺めてたって、景色なんて全然見えないんだぜ。それなのにじーっと窓を向いたままなんだから、ガラスに映ってるものを見てるとしか考えられないじゃないか。ただ、ぼーっとしてるだけなら、あんな姿勢をしないって。首がだるくなってくるもんな」

「ガラスに映った自分の顔を見ながら、もの想いにふけっとったんかもしれんがや」

「違う。そんな視線じゃなかった」

「景色を見とったんかもしれんぞ。いくら暗いというてもガラスに顔を近づけたら少しは見えるし、駅やら何やら明かりが点いとるもんもある」

「それも違うな。彼女は景色なんて見ちゃいなかったんだ。外から観察してただけで何故判るんだって訊きたそうだな。じゃ、説明すっか。どうして彼女が景色を見ていたんじゃないと断定できるのか？　それは、目玉が全然動いてなかったからさ」

「目玉ぁ？」

「ああ。人間っていうのは、車窓の風景をいくら漫然と眺めようとしても、いや、目的もなく漫然と眺めれば眺めるほど、通り過ぎていくものを目で追いかけてしまうものなんだ。人やら自動車やら、建物の看板やら、山のてっぺんのテレビ塔やら、線路脇の電柱やら。見ようとしなくても、目で追わずにはいられないのが習性さ。試しにやってみるかい？　ほれ、ちらほら町の明かりが見えてるじゃないか。あれを目で追わず、視線を一点に止めたままでいられるかな？」

試すまでもなく、ひどく難しいことのように思えた。

「不可能なわけではないよ。視線を固定しようと思ったら、窓ガラスについた傷か汚れをじっと見つめてればいいんだ。それでしばらくはもつ。けれど、一時間もそんなことをしてる奴はいないって。絶対」

それは理解できた。ところで、何の話をしていたんだっけ、と彼は思う。

「だからさ。翔子ちゃんが切なげな顔で見つめていたものは、羨ましいことにお前の横顔だとしか考えられないんだ。俺の顔を見てたんなら何度も目が合ったはずなのに、そんなことは一度もなかったんだから、他にはお前の顔しかないの。判った？」

井出の表情、口調とも真剣そのもので、彼を担いでいるふうには微塵も思えなかった。

「信じられん」

「俺も信じたくないけど、仕方がないね。ああ、残念。いい子だなぁって思ってたのに。馬鹿らしいからもう寝よ」

井出は膝に掛けていたブルゾンを胸まで上げ、眠る体勢に入った。五分ほどで寝息が聞こえだしたが、彼はますます目が冴えて眠るどころではなかった。

本当に彼女は自分を見ていたのか？　もしそうだとしても、それは自分に気があるからだと考えるのは早計ではないのか？　彼はやけに慎重になり、自分にいくつも問いを投げつけたが、答えが返ってくるはずもなかった。

もしもこの車両に自分と翔子以外の者がいなかったなら、ただちに彼女を揺り起こして、どうなのだと確認したいぐらいだった。早く答えが知りたい。知りたくてたまらない。明日の朝、電車が東京に着いたら、解散後すぐに彼女をどこかに誘い、自分の想いを伝えた上で、彼女の気持ちが聞きたい。解散後、うまく二人きりになりたいが、女友だちと一緒にどこかに行こうとしているかもしれない。どうすればスマートにことを運べるだろうか、と思案した。思案に疲れて、いつしかころりと眠っていた。

スマートにことを運ぼうとしたことが仇《あだ》になり、翌日、彼は望む回答を得られなかった。帰る方角が同じ友人と連れ立って、彼女はさっさと手を振って行ってしまったのだ。しまったなぁ、と舌打ちしていると、井出がすり寄ってきてぽつりと言った。今晩、電話したら喜ぶぞ、と。

意を決して電話をかけた。彼女はとても喜んでくれた。彼は、自分はその何倍もうれしい、と胸の裡《うち》で叫びたかった。

井出は正しかった。何て凄い観察力、洞察力を持った奴なんだ。母親の秘密を知ることができたのも奴の知恵を拝借したおかげだったし。大したものだ。井出に感心し、そして感謝した。

生涯、最良の時だった。

＊

また駅を過ぎる。

果てのない闇の中に、ぽつりぽつりと現われては消えるその明かりを見ているうちに、彼は次第にもの哀しくなってきた。まるでこの夜汽車は、自分の不細工な人生の模型であるかに思えてきたからだ。ところどころに暖かそうな明かりを灯した駅がある。しかし、それらは、あっと声をあげる間もないまま、飛ぶように後方の彼方に逃げ去っていってしまうのだ。

いつも、いつも。

＊

翔子との交際を始めて数ヵ月は、蜜《みつ》のように甘い日々だった。生きてじたばたしてれば、いいこともあるじゃないか。一人でいる時には、知らず知らずのうちに鼻歌を歌っていた。ずっと順風満帆《じゅんぷうまんぱん》だったわけではない。気持ちがすれ違うこともあった。もはやこれまでか、という大きな喧嘩も何度かやらかした。しかし、頭が冷えると、お互いがお互いを必要としているという想いが再び湧き上がり、関係を壊すことを回避した。ただ、相手を必要としているのは、深く愛し合っているからなのか、似たような欠点を持った者同士で馴れ合いを演じることの気楽さのためなのか、定かではなくなっていった。大学を卒業すると、彼はUターンをして地元の地方銀行に就職した。埼玉生まれの翔子は東京で建設会社のOLになったが、遠距離恋愛は何とか続いた。

愛し合っているのだ。終生、うまくやっていけるだろう。多分。

永い六年の春の末の結婚式を迎える前日、彼はそんなふうに感じていた。花嫁が両親へ感謝の言葉をかけながら声をあげて泣いた披露宴のクライマックスは、司会者を筆頭に多くの出席者に感銘を与えた。いい式だったな、と。しかし、花嫁の嗚咽《おえつ》を見せられた花婿には違った感慨があった。翔子は、自分との結婚を必ずしも幸福だとは思っていない。そう直感してしまったのだ。

子供ができないまま、六年が過ぎた。

披露宴の終わりに抱いた不安が当たっていたことを、彼は最近になってようやく思い知らされた。一昨年、東京の支店に転勤が決まった時に妻があれほどうれしそうだったわけも、今年の夏にまた富山の本社に戻ると決まった時につまらなさそうだったわけも、同時に知った。

二人の不倫の現場を偶然に目撃した、とかつてのサークル仲間の一人から教えられるまで、そんな疑いを抱いたことなど露ほどもありはしなかったのに。

永過ぎた春、遠距離恋愛が災いした、と思いたかった。まさか、翔子の気持ちがその間に井出に傾いていたとは、想像もしないことだった。

＊

列車が少しスピードを落とした。

駅などなさそうなところだ。信号待ちだろう、と思いながら窓ガラスに顔をくっつけて外を窺うと、案の定、しずしずと信号所に停車した。雪はますます勢いを増して降っている。

大丈夫だろうな、と心配になってきた。この列車には遅れてもらっては困るのだ。何があっても、せいぜい十五分程度の延着で終着駅に着いてもらわなくては、自分は破滅する。周到に練ったアリバイ計画が成立するかどうかは、その一点だけにかかっているのだから。

この列車が遅れると接続している乗り換えの列車をつかまえることができず、従兄夫婦の結婚記念日のパーティが続いている店に予定の時間内に顔を出すことができなくなってしまう。

「どうして遅れたんです？　出張先の東京を発ったのは早い列車だったんでしょう？　乗る直前に駅のホームから電話なさったそうじゃありませんか」

刑事からそんなふうに追及される場面が脳裏にちらちらと浮かぶ。一度、疑惑を持たれてしまったら、実際は一本遅い列車に乗り、井出が本当に殺された時刻よりも遅くまで生きていたように工作していたことが発覚してしまうのではないか。非常にまずい。ビル工事現場の鉄材が倒れかかってきた事故に偽装はしたものの、当局がそれを見抜いて殺人事件としての捜査を開始したなら、彼が妻を寝取られていたことなどすぐに突き止められてしまうだろう。殺害の動機は充分ある、とマークされることは避けられない。だからこそ、知恵を絞って大博打《ばくち》のようなアリバイ作りを行なったというのに、悪くするとそれが裏目に出てしまいそうだ。

早く動け。

何度も腕時計に目をやると、五分が無為に過ぎていた。苛立ちがつのり、座席の肘《ひじ》掛けをコンコンと指先で叩きだす。そんな様子を、通路の向こうの男が黙って見ているのもあまり愉快ではなかった。

十分近くして、ようやく列車は走りだした。これぐらいの遅れなら乗り換えに支障はない。彼はほっと胸をなでおろした。

「時間を気にしてらっしゃいますね」

通路の向こうから不意に話しかけられた。無遠慮な視線を投げていた男が彼に話しかけてきたのだ。自分と同じく三十代前半で、出張の帰りのビジネスマンといったふうの男だった。

彼はこの列車に乗っているのではなく、一本早い列車に乗ったことになっている。だから、この車中では誰の目にもとまらない空気のような存在でありたかったのだ。あまりかまわないでくれ、と思いつつも、邪険な反応をしてかえって記憶に留められても困る。

「ええ。早く帰って休みたいものですから」

「ご出張の帰りですか？　私もそうなんです。全くこの線はくたびれますよ」

人なつっこい性格なのか、よほど退屈なのか、まだ話しかけてきそうな気配があった。

狸寝入り《たぬきねい》りでもしていればよかった、と後悔する。

「この列車、これから遅れそうですよ」

不吉な予言めいたことを言うので、彼はどきりとした。

「おや、そうですか？　快調に走りだしたやないですか」

「次の停車駅までは大丈夫かもしれませんが、そこで客を降ろした後は怪しいですね」

嫌なことをほざく、と思いながら訊いた。

「車内放送でもそんなことは言ってませんよ。遅れるかどうか判らないでしょう」

「それが、判る」

男の自信ありげな言葉を聞いた彼は、はっとした。緊張感が背筋を貫く。その言葉も、その口調も、いつかどこかで耳にしたことがあるものだった。妙高高原から帰りの列車の車中で、井出が口にしたひと言とそっくりだったのだ。

「どうして……判るんです？」

薄気味悪さが足許から這い上がってくるのを感じながら、彼は尋ねた。

男は親指の先で通り過ぎた方を示して、楽しそうに解説してくれる。

「今の信号所でこの列車はいつも停まります。停まって上りの特急の通過待ちをするんですよ。ところが今日はいつもより長く停車したのに、対向列車がやってきませんでした。上りが遅れているんですよ。それをじっと待つのかと思いきや、こりゃ待っても無駄だとばかりに走りだしましたよね。とりあえず手前だけがダイヤどおりに走れるところまで走ろう、ということでしょう」

なるほど、そうかもしれない。しかし――

「しかし、次の駅ですれ違うことにしただけかもしれないでしょう。大幅に遅れるとは限りません」

だが、相手は首を振った。

「ダイヤは無茶苦茶になっていますよ。そちらに座ってらっしゃったから、お気づきになりませんでしたか？　この電車ね、さっきから一台の列車ともすれ違ってないんです。この先で相当ひどく降ってるんですよ」

一台の列車ともすれ違っていない。

そう言われてみれば、そうだ。ということは、この男の不吉な予言は的中するのか？

「……困る」

彼は呟いた。

「困りましたねぇ」

男はもう諦めたように、溜め息まじりに言った。

「困るよ」

駅の灯が流れ去る。
決して手の届かない彼方に、飛んで去る。
耳の奥で、遠い昔の歌が小さく聞こえた。

やみの中に　つづくあかり
よぎしゃの　まどのあかり
はるかはるか　きえていく

ジュリエットの悲鳴

1

間が空いた。

インタビュアーとして本能的な恐怖を感じ、由理枝《ゆりえ》は焦りながら次の質問を考える。小さなテーブルの向こうの彼は、亜麻色に染めた長髪を搔き回したり、深紅のベストのボタンをいじって待っている。幸い、じれているふうでもない。

「では、そのぅ……詞に対するニヒルな姿勢はどこからくるのかしら？　ファンは〈トラジェディ〉、いえ、あなたの歌から真摯《しんし》なメッセージを受け取っているのに、影響力なんてないんだ、という断定の根拠は何？」

ブーツを履いた長い脚を投げ出した彼は、小鼻に皺を寄せたが、けだるい口調のまま丁寧に答えてくれる。

「影響力なんてあるもんか、というのは、演《や》ってる俺には実感がないというだけのことさ。期待している手応えがなくて淋しい、というんでもないよ。何というのか、その――ロックの歌詞なんて鵜《う》呑《の》みにして信じる奴は単純すぎるじゃないの。そこんところが、ひっかかってるのかな。演る側も聴く側も、歌詞の力を無邪気に信じすぎてるところが気色悪いわけ」

こちらが投げた質問を疎ましがっていない。むしろ、語りたがっている。そう見て取って、由理枝は、よしと思った。

「詞よりも音を聞いて欲しい、ということかな。コンポーザーとしての自分をもっと評価してもらいたいと――」

「音だけ聞いてもらいたいんなら、最初からインストでやればいい。だから、詞なんてどうでもいいじゃねぇか、と言ってるんでもないんだけどさ。でも、何かひっかかるんだよ。ロックやってるくせに、純文学の作家よりも素直に言葉の力を信じてるみたいな奴が目につい て、笑いそうになるんだよな。手垢《てあか》まみれの言い回しで、小学生にでも浮かぶようなことを気取って詞にして。それが重大なことだって錯覚してるんじゃないか、と」

辛辣《しんらつ》なことを淡々と話す。

「『ひとりで眠る』を今夜も歌うんでしょ？　きっと、大勢のファンがそれを聴いてすすり泣くわ。あれは大切なことを歌っているからみんなの胸を打つんではないのかしら？」

「どうでもいいことを歌ってるつもりはない。けれど、コンサートの雰囲気に酔って、汗のついでに涙を流す人間がたくさんいるんだ。胸を打つ、なんてものとは違う」

「そんな涙はうんざり？」

「かさかさに乾いてる人間よりも、ずぶずぶと簡単に泣く人間の方がもっと鈍感だね。鈍感だから泣けるんだよ。歌詞に真実を感じて泣きながら、メチャクチャ残酷な現実の横は笑いながら素通りできたりしてね」

ら？」

「実はあなたは、自分の歌やら音楽そのものに過大な期待をしてるだけじゃないのかし

気難しいロックスターに対して挑発が過ぎるだろうか、と危惧しながら訊いてみる。彼は、由理枝の目を覗き込んだ。デビューアルバムのジャケット写真でアップになっていたのとまったく同じの、醒《さ》めたまなざし。真冬の星にも似て、冷ややかな光を宿した瞳。目尻がやや釣り上がり気味なので、酷薄げでもある。じっと見つめられて緊張に身を硬くしたが、相手は気分を害していなかった。薄い唇のすきまから、歯がちらりと覗いているではないか。それは、いかにも健康そうな白い歯だ。こちらも微笑みを返そうとしたが、由理枝は慎重を期してそれを引っ込めた。彼の笑みは、自嘲《じちょう》からきたものかもしれなかったからだ。そして、やはり――

「俺の志は高くない。今、マジで考えているのは、ペテンを歌うのはやめなきゃな、ということなんだ。心にもないことを歌うとか、てめえができないことを歌の主人公に託して背伸びするとか。自分がそこまで届くのが億劫だからって、歌の中の『俺』にしんどいことを押しつけちゃ卑怯ってもんさ」

カチリと音がした。カセットテープが切れたのだ。約束のインタビュー時間が尽きたことも意味する。迂闊《うかつ》なことに、残り時間をまるで意識していなかった。許されることなら、まとめのためにあと十分ほどもらいたいところだが、開演前のミーティングの時間が決まっているから無理は言えない。

「中途半端だよね」

カセットテープをバッグにしまいかけた由理枝に、彼は言う。

「ごめんなさい。せっかくめったに聴けないお話をしてもらっていたのに」

「今日で四回目だったっけ。君原《きみはら》さんって、俺の話をすごく真剣に聴いてくれるよね。いつも」

思いがけないことを言われた。

「それはもちろんよ。あなたのお話なら、どんなインタビュアーだって真剣に耳を傾けるでしょ」

「さぁ、どうだか。『今度のアルバムのコンセプトは？』とか『お父さんは警察官だそうですけど、厳格な方ですか？』とか。『ロミオという名前は、高校時代に演劇部でロミオの役をして喝采《かっさい》を浴びて以来の仇名《あだな》だそうですが、本当ですか？』だの『〈トラジェディ〉はあなたのワンマンバンドだ、と決めつけられていますが、事実そうなんでしょうか？』てなことを尋ねながら、本当は欠伸を嚙み殺してるんじゃないのかな。『おお、よしよし。これだけしゃべらせたから、もう三ページぐらいまとめられるな』てなこと思いながらさ」

「まさか、そんな」

「あなたはいつも、素直に思っていることを吐き出させてくれる。刑事だったら、『落としの君原』って異名を取れそうだ」

「相性というのがあるから、それがいいのなら幸いね」

新しいテープを入れるわけにもいかず、両手のやり場に困っていた彼女に、彼は何か差し出す。受け取ってみると、ホテルのカードキーだった。ここから車で十五分ほどの都心のホテル。非常識なファンにつきまとわれることに辟易《へきえき》した彼が、ひと月ほど前からそこで暮らしていることを、彼女は知っていた。

「もしもあなたがよければ、俺の部屋で続きをしてもいいよ。コンサートが終わるのは九時頃だ。話の続きが聴きたいんなら、十時にはホテルに戻るから、それまでに部屋に入っていてくれる？」

にわかには信じられない提案だ。夜、ホテルの部屋にこいというのは、本当にインタビューの続きをしようというだけのことなのか、あるいは肉体が目当ての誘惑なのか見当がつきかねた。しかし、女の子などより取り見取りのはずの彼が、十歳近くも年上で、大した器量でもない自分に誘いをかけてくるはずはない、と考えて冷静になろうとする。そうとも。部屋にこいというのは、彼が口にしたとおりの目的に違いない。これを手にするためなら何でもする、百万円だって用意する、という女の子がいくらでもいるだろうな、と思いながら、由理枝は掌中のキーを見つめた。

「……520号室。もっと上層階の眺めのいい部屋なのかと思ってた」

気が動転して、イエスともノーとも答えられない。

「俺、梯子《はしご》車が届かないような高いところには住みたくないんだ。——都合が悪いんなら返して」

彼は、ぶっきらぼうに言う。由理枝はキーを握りしめて、いやいやをするように首を振った。

「行くわ。貴重な時間を割いてくれて、ありがとう」

レコーダーを片づけたところで、ノックの音がした。ミーティングの時間だ、とドア越しにマネージャーが告げる。

「いいコンサートになるよう、祈ってる」

由理枝の言葉に、彼は黙ったまま頷いて立ち上がり、ドアに向かった。そして、ノブに手を掛けたところではたと何かを思いついたように振り向いて、問いかけてくる。

「君原さん、あの悲鳴が聞こえる？」

そのことについて質問して、彼にコップの水を浴びせられた雑誌記者がいるというので、避けていた話題だ。由理枝は正直に「ええ、微かに」と答えた。

「――そう」

彼は背中を向けた。

2

七時を五分過ぎたのに客電は落ちない。

待たされるうちに興奮をつのらせたファンたちは、手拍子と「ロミオ、ロミオ」のコールでショーの幕開けを催促する。早くも声を嗄《か》らしかけている少女もいた。二階席の最前列から身を乗り出してアリーナ席を見てみると、遅れて駈け込んでくる客の姿もほとんどない。カップルが多いせいか、男性客も二割近くはいるようだった。武道館二日分のチケットが即日完売したということだから、〈トラジェディ〉も、いよいよ次のライブは東京ドームで行なうことになるかもしれない。

「ねえ、舞子《まいこ》はアレ、聞こえる？」すぐ後ろで声がする。「あたし、本当のことといって、全然聞こえないんだ」

「聞こえるよ。私、噂になる前から気がついてたもん。効果音なのかな、でもそれならもっとはっきりと恰好よく入れるだろうになぁって、変な気がしてたんだ」

会場を見渡すふりをして後方に目をやる。後ろの席で手拍子をしながら話しているのは、仕事帰りのOL風の二人連れだ。落ち着いたこざっぱりした身なりをしているが、話しぶりはいささか幼い。

「やっぱ、気色悪いの？」

「うん。喉の奥から搾り出すみたいな声で『キャァー！』って言うの。『NOTHING』の二番のBメロが始まってすぐだよ。『もう視《み》えない』って歌詞のすぐ後で、ちょっとアコギがかぶさってて聴き取りにくいけれど」

手拍子と歓声に掻き消されそうなその会話に、由理枝は耳を傾けていた。そう。まさしくそこが問題の箇所だ。しかし、そんな詳細な情報についてもすでに流布しているから、舞子なる女の子はファン心理から、実際には聞こえもしないものを「聞こえるよ」と言い張っているだけかもしれない。それが聞こえるかどうかは、彼女らの間で血液型以上——あるいは国籍以上？——に重大なことらしいから。

「うん、雑誌にもそう紹介されてたから、何回も必死で聴いてみたんだけどさ。空耳も聞こえないよ。ぐすん、しくしく。悲しいなぁ、こんなに熱烈なファンなのに」

「いいじゃない。あの噂、ロミオは嫌いみたいだから。『そんなもの、入ってるはずがない。因縁つけんな』って怒ってるそうじゃない」

「らしいねぇ。『俺にも聞こえる』ってリューヘイが言ったら頭突きされたってさ」

リューヘイは、〈トラジェディ〉のオリジナル・メンバーのベーシストだ。彼とロミオの小競り合いについては、さっきバックステージで立ち話をした時にリューヘイ本人から聞かされた。「それでも、確かに変な声が聞こえるよな」と、彼は真理を訴えるガリレオのようにこぼしていた。由理枝は曖昧な返事をしておいたが、そんなに憤慨するところをみると、ロミオ自身にも、例の悲鳴が聞こえるのかもしれない。ぞっとするような、金切り声。消え入るように尾を引く叫び。誰が名付けたのか——『ジュリエットの悲鳴』。

今、最も熱い注目を集めているロックバンド、〈トラジェディ〉のヴォーカリスト、満天下の女性の心をとろけさせるロミオの歌に怪しげな正体不明の女の悲鳴がまぎれ込んでいる、という噂が世間で囁かれ始めたのはひと月ほど前のこと。それは某FMラジオの番組で紹介された一枚の葉書に端を発している。それは、たちまち口コミで学生たちの間に広まり、ついには、一般向け週刊誌にも時期はずれの怪談として採り上げられたりもしている。レコードに入った謎の声というのは、昔から語られてきた黴《かび》の生えた噂ではあったのだが、今回はネーミングが嵌まった。つまり、無気味な悲鳴は、残酷な運命に仲を引き裂かれたのみならず、ロミオがひとりおめおめと生き延びたために置いてきぼりにされたジュリエットが、あの世から放った嫉妬と怨嗟《えんさ》の叫び声だというわけだ。

「でも、あの悲鳴、本当に何なのかなぁ。友だちが話してたんだけど、マスターテープには何も録音されてないんだって。それって不思議でしょ？」

舞子の方が言う。マスターテープ云々《うんぬん》は初めて聞くことで、真偽のほどは判らない。しかし、由理枝ならばレコード会社のディレクターや〈トラジェディ〉のメンバーに尋ねることができる。ロミオに訊いてみるのは、ためらわれるが。

「不思議よねぇ。やっぱ、あれなのかしらね、死んだ女子高生の霊」

「ありがち、ありがち。あれでしょ？　武道館初ライブの時、学校で追試を受けてて遅くなった女の子が、必死こいて駅に走ってて車に撥ねられたっていう話。救急車がきた時はまだ息があって、病院に向かおうとしたら血に染まったチケットを取り出して、『お願いだから、武道館に連れてって』って泣きながら死んでいった」

「そうそう。すっごく無念だったろうなぁ、と想像がつくじゃないの。その霊が浮かばれなくて、ロミオの歌にあんな声を割り込ませたわけね。ほら、だから『もう視えない』って歌詞のところで叫んでるの」

「ちょっとぉ、もういいって。嘘に決まってるじゃない。その日の新聞を調べてみても、絶対にそんな事故のことは載ってないよ。あれはね、やっぱ『ジュリエットの悲鳴』よ」

「置いてきぼりにされたジュリエットか。――ねぇねぇ、舞子。あなた、小説の中のロミオとジュリエットって、どっちがドジだと思う?」

「えー、ドジって、どういうこと?」

「あれってかわいそうな物語だけど、要するに連絡不充分が原因で、愛する人が死んじゃったと勘違いして二人とも自殺してしまうわけでしょ? 間抜けと言えば間抜けじゃないの」

おかしなことを言いだしたぞ、と呆れながら、由理枝は声に出さずに答える。二人が粗《そ》忽《こつ》だったというより、やはり「死んだふりをして、墓所から逃げ出せ」とジュリエットにいらぬ知恵を授け、ロミオにそれをきちんと伝えなかった神父こそ糾弾されるべきでしょう、と。

「判んない。あたし、『ロミオとジュリエット』ってどんなストーリーなのか知らないから」

「やだ、無教養ぉ。ロミオのファンのくせして、そんなことも知らないの?」

「いいじゃない。あたしが愛してんのは、そんな古臭い小説の中のロミオじゃないんだもんね。ジュリエットなんて女もついていなくて――」

照明が消えた。歓声が数倍の大きさに膨れ上がり、アリーナ席の観客は総立ちになる。

薄暗い中、ドラムセットとキーボードのあたりで人影が動くのが視えた。そして、上手からギターのタク、下手からベースのリューヘイが現われていつものポジションにつく。観客をじらすように四つのシルエットはしばしそのままで、人形のように静止していた。客席の興奮はさらにエスカレートする。リハーサルを観ていないので、どんな演出で狂熱の宴の火蓋《ひぶた》が切られるのか、由理枝も知らない。固唾《かたず》を飲んでロミオの登場を待った。

ピン・スポットが当たると同時に、タクが『ドリーム・チェイサー』の重いリフを弾き始める。二小節ごとにベースが、ドラムスが、シンセがかぶさり、メンバーの姿が順に浮かび上がる。そして、怪鳥のようなシャウトが武道館中に響いたかと思うと、強烈なマグネシウムの光が観客の目を射た。不意打ちの目眩《めくら》ましに、由理枝も数秒の間、視力を失う。それがどうにか回復した時、ステージの中央には緋色《ひいろ》のケープをまとったロミオが立っていた。まるで雷光とともに、天から降臨したかのように。二階席もたちまち総立ちになった。

「ああ、ロミオ!」と、後ろから切なげな声があがる。

ふん、何が「ああ、ロミオ!」だ。私はつい一時間半前まで、彼にインタビューをしていたのよ。そして、このジャケットの胸ポケットには、彼の部屋のキーが入っているんだから。柄にもなく、ちょっと得意な気分になった。

ロミオのハイトーン・ヴォイスが矢のようにまっすぐ飛んできて、胸の真ん中に突き刺さる。由理枝は、火のように熱い吐息をついていた。

3

今夜の〈トラジェディ〉は、いや、ロミオは凄かった。鬼気迫る、と言っていいコンサートだった。ロミオに釣られて、メンバー全員がテンションの高い演奏を聴かせてくれたが、圧巻はやはり歌だった。今夜の彼のアクションはふだんより抑え目なぐらいで、ステージを駈け回ることもなかった。ただ、客席をにらみつけて、寸分の濁りもない声で、魂を鷲掴《わしづか》みにするような歌を歌い上げた。クリアで、パワフルなだけでなく、詞が言霊《ことだま》となって、聴く者の奥の奥までしみ込んでくるほどの説得力があった。『ひとりで眠る』を彼が歌い始めるなり、由理枝はぽろぽろと涙を流し、聴き終えた時には放心したまま、拍手をすることとさえ忘れていたぐらいだ。

アンコール曲がすべて終わり、明かりが点いてから三十分が過ぎたが、まだ夢を見ているような非現実感に半ば囚《とら》われたままでいる。ほら、足許が怪しい。こんなに、ふらふらと。

由理枝は顎《あご》を上げ、銀杏《いちょう》の木立の向こう、朧ろな月の下にそびえる建物を見上げた。何十何百という窓から洩《も》れる灯に飾られたホテル。あそこの五階の窓のうち、明かりが灯っていないものの一つがロミオの部屋。これからそこに行くのだ。そして、明かりを点けて彼が帰るのを待つ。まるで、恋人か妻のように。

「馬鹿」

　由理枝は、ぴしゃりと自分の頰を叩いた。今日はどうかしている。いくらコンサートが素晴らしかったとはいえ、理性をなくした小娘みたいな勘違いをするんじゃない。ロミオは、インタビューで話し足りないことがあったので、部屋まできてちゃんと聴いてくれ、と言っただけなのだ。あんまりつまらないことを想像していると、がっくりと失望するだけじゃなくて、大恥をかくことになるぞ。新しい下着を着てきたらよかったかな、なんてくだらないことを考えてる暇があったら、残りのテープの心配をしなさい。

「大馬鹿ね。もう、いい齢こいて身のほどをわきまえずに。お仕事をしなさい」

　気分を切り換えて、大股《おおまた》でホテルに向かう。四月の夜気が心地よかった。銀杏にもたれて、煙草を吹かしている若い男がいたりする。恋人を待っているのだろうか？　それとも、ともに夜を過ごせなくなったことを悔やみ、苦い想いを嚙み締めてでもいるのか？　どうでもいい通りすがりの他人のことが、ふと気になったりする。

　泊まったことはないが、バンケット・ルームやレストランには何度も訪れたことがある勝手知ったホテルだ。由理枝はロビーを突き切り、左に折れ、エレベーターで五階に上がる。廊下は墓場のように静まり返っていて、厚いカーペットは靴音を完全に吸い取った。部屋番号を見ながらぐんぐん奥へと進んだが、なかなか520号室にたどり着けない。それは、廊下の突き当たりの部屋だったのだ。キーを差し込むと、ドアが開く。当然のことなのに、はっとしてしまった。

ゆったりとしたツイン・ルームだった。それをさらに広く使うためだろう、ベッドが一つ撤去されている。そうしてできたスペースには、衣裳簞笥《だんす》やオーディオセットや書棚が置かれ、壁にはエレキとアコースティックのギターが一台ずつ剝《む》き出しで立て掛けてあった。隅っこには、段ボール箱が五つほど積み上げてあったりもする。

ここがロミオの家。彼が寝起きしている生活の場なんだ、めったなことでは入れないところなんだ、と自らに言い聞かせつつ、じっくりと室内を観察する。十七歳で初めてボーイフレンドの部屋に通された時よりも、さらに胸がときめいた。見たい。机の抽斗《ひきだし》や衣裳簞笥の中を覗いてみたい。そんな欲求を、由理技は懸命に圧《お》し殺した。しかし、読書家だという彼の書棚にどんな本が並んでいるのか、ちょっと拝見するぐらいはかまわないだろう。背表紙をざっと見てみると、硬軟さまざまな音楽雑誌やら、ジミ・ヘンドリックスやレッド・ツェッペリン、ドアーズ、ニルヴァーナといったアーチストの評伝に交じって『ロミオとジュリエット』の文庫本があるのを発見し、にやりとしてしまった。

ロミオのプライバシーに触れるのは楽しいけれど、悠長にかまえている場面ではない。窓際の椅子に座って、インタビューの道具を小さなテーブルに並べた。腕時計を見ると、彼が帰ると言っていた十時まで、もう五分ほどしかなかった。

準備を整えると、窓から外を見下ろす。ロミオはまだだろうか、と。しかし、彼は車で戻ってくるのだ。地下駐車場の入り口は裏手だから、ここから見ていても帰ってくる姿など見えっこないんだ、と思いながらも、街灯に照らされた木立をしばらくぼんやりと眺めていた。

と、さっき木に寄りかかって煙草を吹かしていた男が、まだ同じ場所に立っているのに気がついた。街灯の明かりが、かろうじて届いているだけのあんな薄暗いところで、いつまであぁしているのだろう？　待っている相手がいつまでたってもやってこないのだろうか？　いや、待ち合わせなら目と鼻の先にあるホテルのロビーですればいいではないか。人を待っているようではあるのだが、もしかすると誰かを待ち伏せているのかもしれない。ひょっとして、刑事か私立探偵？　そういえば、ちらりと見ただけの印象ながら、鋭い目つきをしていたように思う。麻薬の売人が誘いをかけてくるのを待っている捜査官かも、などと想像していると、コンコンとノックの音がした。

「はい」と応えると同時にドアが開き、黒いトレーナーとジーンズ姿のロミオが入ってきた。頭の上にサングラスをのせ、大きなリュックを右の肩に担いでいる。由理技は勢いよく腰を上げて直立した。

「お待たせ。冷蔵庫から何か出して飲んでてくれたらよかったのに」

優しい言葉。あれだけ濃密な時間と空間を創って、一万人を別世界に連れ去ったのと同じ人間とは思えない、穏やかな声だった。憑物《つきもの》が落ちたということか。メイクもすべて落としているので、そのへんの男の子が学校かアルバイトから帰ってきたところのように見える。

「いえいえ、そんな。私は喉が渇いていないし。——それより、お疲れさまでした。お世辞抜きで、今夜のコンサートはすごくよかった。何か飲む？」

リュックをドアの脇に置いた彼は、「ああ、いいって」と自分で冷蔵庫を開けた。そして、右手に缶ビール、左手にグラスを持って、由理枝の前の椅子に座った。そして、カセットレコーダーを一瞥《いちべつ》する。

「インタビューの続きだったね。ものは相談だけど、テープを回さずにやらない？　心身ともにくたくたなんで、こういう時って何かやばいことを口走ってしまいそうだから」

いたって真面目な口調で、目も真剣だった。由理枝は快く承諾する。

「ええ、いいわよ。しゃべっちゃったことでも記事にして欲しくないことがあれば、書かないことを約束する。それに、お疲れだろうから、手短に切り上げるわね」

「オーケー」と、彼はビールを注《つ》いだグラスを目の高さに掲げて微笑む。近くで見ると、目許にべったりと疲労がにじんでいた。

「君原さんの約束なら信用するよ。ところで、えーと、インタビューはどこまでいってたっけな。忘れちゃった」

「言葉について。ペテンを歌わないようにしたい、ということ。——でも、律儀《りちぎ》にその続きからでなくてもかまわないわよ。もちろん、そこから始めてもいいけれど。あなたが伝えたいと思うことから話して。私に何かを聴かせてやろうとして、ここに招いてくれたんでしょうから」

「伝えたいことって、何だったかな。あれっ、それも思い出せないや。馬鹿みたいだな、俺って」

ぐいと呷ると、口の右端からビールがひと筋流れて、顎の先からトレーナーの胸許にこぼれた。部屋でインタビューの続きをしてやろう、と言ったことを後悔しかけているのではないか、と心配になってくる。由理枝は軽い話題を一つ思いついた。

「ロミオとジュリエットって、どっちがドジだと思う？」

「え、何のことだい？」

彼は目を細めて問い返す。

「開演の前に、私の後ろの席にいた女の子たちがそんなことを話していたのよ。ふざけたことを言うなぁ、と思いながら聞いてたんだけど、でも、ちょっと考えてみると、あの二人は必ずしも死ななくっちゃならない運命でもなかったのよね。連絡の行き違いが悲劇の結末を招いたんだから、間に入っていた神父さんの責任が甚大だ、とまずは思ったわ。仮死状態になれる薬を服《の》んで死んだふりをしてから駈け落ちする、なんていう計画自体も危険すぎたし」

ロミオは目を閉じてまたビールを喉に流し込む。あまり面白がっているふうでもないが、由理枝はとりあえず続けた。

「神父さんは措《お》いといて、ロミオとジュリエットの二人についてだけ考えてもみたわ。まず、ジュリエットだけど、命を懸けるのなら、拙速に実行に移さず、ちゃんとロミオと示し合わせてからにすればよかった。ロミオの方にも落ち度はなくはない。まぁ、墓所に葬られたジュリエットを見たんだから死んでしまったと信じるのも仕方がなかったでしょうけれど、死に急がずにもっとよく観察したら、彼女がまだ生きていることが判ったんじゃないかな。熱に浮かされていたとはいえ、二人ともせっかち過ぎたのよね」

目の前のロミオは、カツンという音をたててグラスを置く。無駄話をするな、と苛立ったのかと思ったが、そうでもなかった。

「連絡が行き違ったからといって、二人とも自殺してしまう結果になるなんて神父も予想できなかったろうさ。ロミオとジュリエットは、確かにせっかち過ぎただろうけど、欲に駆られてしたことじゃない純粋な行為だから、馬鹿だな、とも思わない。ただ、残念だよね」

「残念とは？」

ロミオは空になったグラスを、焦点の合わないまなざしで見つめている。コンサートで燃焼し尽くして疲れているせいだか、何か痛々しいほど孤独げな目だった。由理枝は、無防備にそんなところをさらす彼を見てはならない、と感じて自分も目を伏せる。

「ロミオがもう少し情けない男だったら、うまくいったんだ。『ジュリエットが死んじゃった。僕の人生はもう真っ暗だ。淋しいよ、悲しいよ、胸が痛いよ』とおいおいわんわん泣いていたら、そのうち彼女は目を覚ましたんだろ。情熱がもう少し欠けていたら、あんなにきっぱりと『じゃ、僕も死のう』と決めたりしなかったはずさ。あいつはドジじゃなくて、潔くカッコよ過ぎたね。それが仇《あだ》になった」

「ああ、そういう考え方もあるわね」由理枝は納得する。「でも、お芝居だもの。ジュリエットが死んでしまったのを悲しみながら、その場で後を追おうとしないロミオなんて観客は失望するでしょう。腰抜けで卑怯な男扱いさえしかねないわ。現実はなかなかそういかないにせよ」

ロミオは黙ってしまう。そっと顔を上げてみると、彼は窓から外を見下ろしていた。硬直してしまったように、いつまでも動かない。どうかしたの、と訊こうとしたら——

「観客は、本当の俺を知ったら失望するだろうね。カッコつけて心にもないきれいごとばっかり歌いやがって、本人は腰抜けで卑怯な野郎じゃねぇか、むかつくぞ、と罵声《ばせい》や石が飛んできそうだ」

とりあえずは作り笑いをしてしまった。

「何を言ってるのよ。あなたは女の子の心をとろけさせる素敵なロミオよ。最高にカッコいい男が、カッコ悪ぶっちゃって」

「俺がカッコいいって? そんなもの、虚像にすぎないことは判ってるじゃない。『永遠に誓うよ、君への愛を』とか歌いながら、目に映る女の二割ぐらいには惚れてるかもしれないだろ?」

予期せぬ展開だが、途切れたインタビューの続きへと話がつながりそうだ。由理枝はカセットレコーダーのスイッチを入れたくなるのを我慢する。

「すごく道徳的なのね。そんなことを真面目に考えているアーチストなんていないんじゃないの。ミュージシャンにかぎらず、小説家だってきっとそうよ。つまらない日常にくさくさしながら惰性で生きてても、作品の中では人生の素晴らしさを謳《うた》ったりもするでしょう。そうであれば、と憧《あこが》れたり希《ねが》って表現するのなら、その作品はインチキなんかじゃないはずよ」

「インチキじゃねぇか、そんなもん」彼はこちらを向き直った。「虫酸《むしず》が走らない？」

「いいえ、私はそうは思わない。無責任に言いっぱなしというのは尊敬できないけれど、表現した人間の道徳性を問うばかりではこの世の誰も小説や歌を創れなくなるわ。程度の差こそあれ、みんな弱さやいいかげんさを抱えているんだもの」

「程度の差。そう、それがすべてだ。核心さ。五十歩百歩って言葉があるよね。五十歩逃げたのも百歩逃げたのも、本質的に大した違いはない、というたとえで。あれは変だよ。五十歩と百歩じゃ、二倍の差があるんだからさ。百歩の野郎が『君も僕も、敵前逃亡したことには違いがない』なんて開き直ったら、張り倒してやるよ。……ああ、俺、何をしゃべってんだろ。脱線してるよね？　すぐに頭が混乱しちまう」

彼は忌々しそうに髪を掻きむしった。どう話せば、落ち着いてくれるだろう。

「もしも、あなたの歌に多少の嘘がまぎれ込んでいたとしても、インチキだペテンだと自分を責めたりしないで。あなたは音楽に対しても人生に対しても、完璧主義者のように見える。そんなに悩むことはない」

彼は、肺の中の空気をすべて吐き出すような深い溜め息をつき、それから膝をパンと叩いて立ち上がる。ミニバーのウィスキーのミニボトルを取るためだった。「どう？」と勧められて、由理枝は頷く。彼はその場できぱきとロックを二杯作ってテーブルに戻ってきた。礼を言うと、「どういたしまして」と掠《かす》れた声で応える。長く長く感じられる沈黙の中で、二人は琥珀《こはく》色のグラスを傾けた。

「『ジュリエットの悲鳴』というのは、誰かを呪っているように聞こえるかい？」

唐突にロミオが尋ねる。何が気になるのか、窓を向いたままで。禁句だと思っていたのに、また彼の方から話を振ってきた。

「さぁ。よーく耳を澄まさないと聞こえないから、私には何とも言えない。でも、呪っているというより、恐怖の叫びだと思うわ。暗闇でいきなり後ろから抱きつかれてあげた悲鳴のようでもあるし、大切な家族が目の前で事故に遭うのを目撃した時の悲鳴のようでもあるし……」

「なるほど」と彼は言う。「恐怖か」

話しているうちに、由理枝の記憶にその悲鳴がはっきりと甦ってきた。虹色の円盤に幽閉されたジュリエットが放つ叫びは、何ごとかに——何者かに——恐れ戦《おのの》いていると同時に、そんな危機が自分に降り掛かってきたことに驚愕している。まさかこんなことが、という衝撃がまずあって、信じられないがこれは現実だ、と気づいた瞬間にあげた底なしの絶望の叫び。

「あなたにも……聞こえるんでしょう？」

由理技は思い切って訊いてみた。ロミオは答えず、ウィスキーを注ぎ足して、ほとんどひと息で呷る。それほど酒に強くないという彼のこと、そんな調子だと、じきに酩酊《めいてい》してしまうだろうが、止めることはできそうにない。みるみる頬が紅潮していく。まるで、強引に酔おうとしているかのようだった。たちまち三杯が空く。

「商売の上とはいえロミオなんて名乗って、こっ恥ずかしくないのか、と陰で嗤われてるだろ？　面と向かって言われたこともある。へっ、俺としちゃ、別に恥ずかしくはない。自虐的な気分で名乗り続けてるだけのことなんだ」自虐的に彼は飲む。「俺はロミオだ。腰抜けのロミオを演じたことがある」

「高校時代の演劇部で？」

顔の前の蠅《はえ》を払うように、彼は手を振った。そして、両脚を投げ出したまま、ずるずると椅子に沈み込んでいく。

「その時にやったのは、ごくありきたりの芝居。最高にカッコいいロミオ・モンタギュー。腰抜けロミオは実生活において、さ。これだけさばけた今の日本にだって、許されない恋愛というのはあるもんでね。俺は周りのみんなに袋叩きになるような経験をしたことがあるんだ。ボロクソに罵《ののし》られちまって、力ずくで無理やり引き裂かれたことが。その時の俺は、へなちょこの腰抜けで、勇気も知恵もなく、まるでお客を笑わせるかわりに嗤われるヘボ道化師みたいにみっともなかった。思い出すと今でもじっとしていられなくなって、夜中に部屋をぐるぐる歩き回ることもある。こんな気持ちは、一生消えねぇかもしれない」

「何が……あったの？」

訊かずにはいられない。許されない恋愛ということは、相手が人妻だったとでもいうことか？　ロミオは額に右手を置いて、ぽつりぽつりと話しだした。

「漫画みたいな恋物語だぜ。高校を卒業したあくる年ぐらい。タクやリューヘイと会って〈トラジェディ〉を組む前のことさ。警視庁刑事課警部殿の親父が『就職も進学もしないこの穀《ごく》つぶし』と言ってうるさいので家を出て、横浜の大学に進んだ奴らのバンドで歌ってたことがある。高校時代の仇名のロミオで。メンバーはおぼっちゃま、お嬢様揃いで、チューニングも正確にできないくせに楽器だけは超一流という、ちょっとイラつくバンドだったけれど、俺の書いた曲を気に入ってくれてたんでとりあえず一緒にやってたんだ。経済的に余裕たっぷりのバンドにいたら、ライブハウスのチケットをさばくのに血眼《ちまなこ》になることもなかったし」

「恋物語の相手は、バンドのメンバー？」

ロミオはけだるそうだったが、饒舌《じょうぜつ》でもあった。

「いいや、俺のファン第一号だよ。いつも最前列で熱い声援を送ってくれていた子。ステージの上から、俺も気になってた子で、一見、楚々《そそ》としてるのに、俺の歌にすごく気持ちよく反応して踊りまくってくれるんだ。ある日、横浜西口の雑踏でばったり出くわしてね。

時間があるならお茶でも、と俺から誘ったのがきっかけで付き合うようになった。彼女は無職の家事手伝い。こっちはティッシュ配ってるアマチュア・ミュージシャンの身だったけれど、お前も家を出て俺のアパートにこないか、なんて水を向けたら、ひどく困った顔をして駄目だと言うんだ。どうして、と問い詰めたらえらいことが判明したよ。彼女の親父さんというのは、さる暴力団の組長だったんだ。嘘だろ、とたまげたね。刑事の息子と組長の娘じゃ、まるでロミオとジュリエットじゃないの。結婚なんて本気で考えだした日には、決定的な障害だな、と考えながらも、俺たちって喜劇的なカップルだな、とおかしく思いもしたもんさ。笑いごとですまなくなったのは、彼女には親父が決めた暗黙の許婚《いいなずけ》がいる、と聞いた時だ。平成の時代だというのに組長さんは、ぞっこん気に入った腹心の部下を娘の婿に迎えることに決めていたんだ。男の方も、彼女に惚れ込んでいたんだけど、肝心の彼女がそいつを疎ましがっていた。そこで親父と婿候補は、無理強いをするとへそを曲げるだけだろうから、しばらく好きにさせておくさ、とひとまず寛大な態度をとっていたらしい。そんな渦中に登場して、彼女と深い仲になっちまったのが俺。知れば知るほど苦しい状況に陥ったことが理解できたけれど、どうしたらいいのか判らなかった。そのうち、娘と俺の関係を知った組長は、俺にプレッシャーを掛けてきた。手を切らないと後悔するぜ、てな具合に。近頃のやくざっていうのは、営業用にはもっと洗練されたプレッシャーの掛け方をするらしいけれど、俺には結構きつい表現を使ってくれた。正直なところ、ビビったよ」

少し言葉を切って、眉間を揉《も》む。

「それで……どうしたの？」

「え？——ああ、だから別れたんだ。腰抜けだもん、俺。親父の立場も考えちゃったし。そんな奴がロミオなんて熱血男の名前を名乗るのは恥ずかしい、と自己嫌悪にも陥ったよ。でもさ、だからって改名するのも恥の上塗りって気がして、結局、その名前を背負ってデビューして、今に至ってるわけ。降ろしたくても降ろせない十字架だね。俺はこれからも自分の名前に呪われて、辱《はずかし》められ続けるしかないんだ」

手の込んだ作り話なのではないか、と疑いかけもしたが、彼は大真面目で冗談が言えるタイプではない。由理枝は、しばらくどんな言葉を返せばいいのか判らなかった。

「腰抜けが、ご立派な歌を歌ってんじゃないよな、まったく」

「それで、彼女はお父さんが決めた人と一緒になったの？」

部屋の中の空気が、さらに張り詰めたものになった。動揺と迷いのせいか、ロミオの唇が微かに動くが、なかなか声にならない。

「死んだ。……死んだんだ」

とことんまずいことを訊いてしまったぞ、と由理枝は首をすくめる。十字架を背負った男は何の表情もなく、ガラスに映った自分と向き合っていた。

「飛び降りて、自殺したよ。港の夜景がきれいに見えるマンションが山下町にあってね。ここ、きっと景色がいいぞって、二人で非常階段を上っていって、踊り場で朝まで過ごしたことがあった。そこから飛んだんだ。腰抜けロミオに裏切られて、ジュリエットはひとりで死を選んだのさ。彼女は、親父のところから自分を連れ出して欲しい、と懇願したのに、俺が逃げたからだ。——殺したようなもんかな」

「そこまで思い詰めることはないわ」由理枝はきっぱりと言う。「殺しただなんて、とんでもない。それじゃ自虐が過ぎる。お気の毒だけど、彼女の命を奪ったのは彼女自身でしかないんだもの」

ロミオはみじろぎもせず、何も応えない。由理枝も言葉を継ぐことができず、鉛のような沈黙は長く続いた。

ふと腕時計が目に入る。時刻は、十二時近かった。嗚咽《おえつ》の声を聞いた気がして顔を上げると、彼は泣いていた。

「ロミオ……」

「その名前で呼ばれたくない」

慰めてあげなくては。こんなに傷ついた、こんなに脆《もろ》い男だと知ったからには、慰めてあげなくては。でも、でもどうやって？

「じゃあ、そんな名前は棄ててしまいなさいよ。ファンはみんな、あなたの名前にたぶらかされているわけじゃないし、あなたの歌は嘘で塗り固められているわけでもない。つらい過去なら、それをしっかり覚えていればいいわ。でも、過去は過去なんだし——」

「あいつが飛んだ時、俺もいたんだ」

由理枝は遮られた。

「その思い出の場所に行きたい、と言いだしたのはあいつだった。俺は、最後の思い出作りのつもりかと思って従ったんだけれど、彼女の心積もりは違っていた。『二人で死のう』と泣きつかれて、俺はパニックになった。まさか、そこまで追い詰められているとは、思ってもみなかったから。胸で泣かれて、俺はどうしようもない馬鹿だから、『そうだね』なんて適当なことを答えていた。あいつ、目を輝かせて喜んだよ。『本当？　本当に？』って。そうしたら『いや、やっぱり待ってくれ』とは、とても言えなくなって……」

その顚末《てんまつ》を聞くのが、由理枝は苦痛だった。しかし、ロミオと呼ばれる男は続ける。

「最後の最後……踊り場の手すりを乗り越えて、身を投げる寸前に、俺はつないでいたあいつの手を振りほどいて、後ろに飛んだ。どれほど残酷なことをしているのかも理解せず、『おい、ちょっと待った』てな感じで、あいつを見捨てたんだ。焼き鏝《ごて》で捺《お》したみたいに、落ちていくあいつの顔がまぶたに焼きついてる。驚きに、かっと目を見開いて、俺の方に両手を差し伸べるような恰好のまま、暗い地面に向かってすぅーっと遠くなっていった。叫んでいた。口を大きく開けて叫んでいたみたいなのに、声はまったく聞こえなかった。多分、俺の聴覚が聴くのを拒絶したんだろう。そして俺は走って逃げた。——何を言いたいのか、判るだろ？」

それが『ジュリエットの悲鳴』だと言うのか？　あれは華々しい座に着いたロミオに、霊界から呪詛《じゅそ》のために送られてきた悲鳴だと？　しっかりと聴け、思い出せと——

「俺には、はっきりと聞こえる。聞き逃したことを赦《ゆる》さない、と俺が一番嫌がるところに叫び声をまぎれ込ませたんだな、と思っていたら、他にも聞こえる人間がたくさんいることを知って驚いたし、狼狽もしたよ。『ジュリエットの悲鳴』だなんて、でき過ぎたネーミンクだね。――ほら、あそこ」

彼は窓の外を指差す。呆れたことに、あの銀杏のところにまだ同じ人影があった。

「あいつ、知ってんだ。死んだ彼女の許婚だった奴でね。傷害で刑務所に入ってたらしいけれど、一週間ほど前に出てきたんだって。俺がここに滞在してることをキャッチして、張り込んでるつもりらしいよ」彼は、ゆらりと揺れながら立ち上がった。「会ってみようと思うんだ。行ってくる」

「大丈夫なの？」と顫える声で訊く。

「さぁね」

彼が部屋を出ていこうとするのを、由理枝は止められない。抗《あらが》えない力が、彼を持ち上げて運んでいくようで。

「誰も気づいてくれなかった。俺だけに聞こえるんだな。あのアルバムには、『ロミオの悲鳴』も入っていたんだよ」

そう言い残して――

彼の背中が消えた。

あとがき

九〇年から九八年までの足掛け九年間に発表した短編、ショートショートのうち、単行本未収録で、かつシリーズ・キャラクターが登場しないものばかりを集めたのが本書である。統一したテーマもなければ、タッチもまちまち。バラエティ豊かな短編集、と自己PRするには「幅」が足りない。でも、ごった煮の味わいが出ているかもしれない、と信じてまとめることにした。

以下に、ちょっと余談めいたことを。

『落とし穴』は、犯人の側から犯罪を描いたいわゆる倒叙ミステリだが、『刑事コロンボ』のように最後に探偵役が犯人を叩《たた》きのめすという形はとっていない。ふとこんなものが書きたくなって書いた……のだろう。よく覚えていない。悲劇の発端であるコートの取り違えは、私自身が会社勤めをしていた頃に実際にやってしまったことである。

『裏切る眼』は、ラストシーンが文章ごとくっきりと頭に浮かび、そこに向かって話を収《しゅう》斂《れん》させようとしたもの。作中のあの玩具《がんぐ》は、この作品を書く直前に弘前《ひろさき》に出張中に見かけた。なつかしくて買ってしまったのだが、その時は、それを小説に利用するつもりはなかった。

『危険な席』の核心になっている現象は、飯綱高原《いいづなこうげん》にある吉村達也《よしむらたつや》さんのお宅に遊びにいった帰りに長野駅で目撃した。「あ、これで一本書ける」と、あさましく喜んだものの、どんな形で使えばいいのか、けっこう悩んだ。まぁ、こんな仕上がりです。

『パテオ』は落語めいた話だが、落語は時として幻想小説の趣も持つ。ローレンス・ブロックに『夢のクリーヴランド』というおかしな短編があって、「これって、このまんま高座にかけられるやないか」と愉快に思ったことがある。そんな味を目論《もくろ》んだ。

『遠い出張』『多々良探偵の失策』『幸運の女神』の三編は、首都圏で発行されている情報誌『TOKYO1週間』に、広告の一部として掲載された。その広告の商品とは、ビジネスマン必携のアイテムになりつつあるモバイルで、それを作中に出せというご注文だった。この広告には読者参加の趣向がついていた。「ミステリー作家・有栖川有栖に挑戦　アナタならどう推理する?」という表題がつき、結末（本書では*の後の部分）がどうなるかの予想を応募してもらおうというのだ。優秀作品には、モバイルが各十五台ずつプレゼントされた。結果はインターネット上でのみの発表だったので、結末部分が活字になるのは今回が初めてである。入選した作品を読ませてもらうと、正直に言って本編よりも出来のいいものがたくさんあった。ただ、言い訳をさせていただくと、解答編として私に与えられたのはたった二百字だけだったし、ある程度は見当がつく結末の方が懸賞として盛り上がる、という配慮をしたつもり。いや、二百字以内でももっとうまい結末が書けるぞ、という方がいらしたら挑戦していただきたい。賞品はもうないけれど。ちなみに、三編に登場する三つの人名の頭文字をつなぐと、この広告のスポンサー名になる。

もう一編のショートショート『世紀のアリバイ』の長さは四百字詰め原稿用紙五枚。『小説新潮』に書いたのだが、この雑誌に初めて依頼されて書いた短編の枚数は六十枚だった。次は四十枚。その次は「短い短いミステリー特集」に十五枚。そして、ついには「本格ミステリを五枚で書けますか?」に至った。お誂《あつら》え向きのアイディアがあったので引き受けたが、担当の方に「どんどん短くなりますね。この次の依頼はミステリ川柳ですか?」と言って笑った。それにしても、この作品のアリバイ・トリックは、すごーく有名な日本のある社会派推理小説に似ていますねぇ。

『登竜門が多すぎる』は、東京創元社の戸《と》川安宣《がわやすのぶ》さんと冗談を言い合っている時にぽろりとこぼれたギャグが元になって生まれた。ただの馬鹿話だったはずが、「あれを小説にしなさい」と戸川さんに言われて書いたら一部で妙に受けて、宮部《みやべ》みゆきさんから「面白かった」というお葉書が届いて驚いたりした。ひょっとしたら私のベスト短編なのか?

『タイタンの殺人』は、頼まれもしなかったのに「読者への挑戦」つきの犯人当てにしてしまった。軽い推理ゲームをどうぞ。これもかなり「当てやすい問題」だと思う。

『夜汽車は走る』は、ばらばらに思いついた「夜汽車をめぐる三つの情景」をつないで一本の短編にした作品で、自分では気に入っている。シュルレアリスムの画家の中にもそんな性癖の人が何人かいるが、私の小説には隙《すき》あらば鉄道が出てくるようだ。「よぎしゃ」

は、私と同年輩の方にはなつかしい歌だろう。

ところで、この短編集を実業之日本社でまとめていただくことが決まった時、「書名はどうしましょう？」という話になった。トータルなコンセプトがないので、どれか一編を表題作にと思ったものの、それにふさわしいタイトルがない。そこで、完全に表題作狙《ねら》いで一本書くことにした。と、『ジュリエットの悲鳴』なんて書名、カッコいいんじゃないのか、と思いついた。ところでそれは、どんな話なんだ？　どうして悲鳴をあげてるんだ？　ジュリエットがいるならロミオはどうした？　などと自問自答するようにして、こんな物語ができた。好きなもので、いつか本格的なロック・ミステリを長編で書いてみたい。お断りするまでもないが、作中のミュージシャンにはモデルは存在しない。

このごった煮を少しでも楽しんでいただけたら幸いです。

末尾ながら、『週刊小説』の関根亨《せきねとおる》さんを初め、各作品の雑誌掲載時にお世話になった編集者の方々と、実業之日本社文芸出版部の辻《つじ》美紀子《みきこ》さんへ――ありがとうございました。

1998・3・13

有栖川有栖

文庫版あとがき

シリーズものの小説を書くのは、恥ずかしいとまでは言わずとも、ちょっと照れ臭い。私は、いわゆるシリーズ・キャラクターの探偵を二人持っているのだが、それぞれの第一作目（そのうち一つはシリーズ・キャラクターとしてのデビュー作）を書く際には、特に照れたものだ。「こいつ、この探偵でシリーズを書くつもりらしいぞ。一端のミステリ作家のつもりか」と読者に思われてるんだろうなぁ、と。

しかし、やはり本格ミステリは名探偵という存在とともにあって欲しいし、自分も本格を書くからには名探偵を創《つく》って動かしてみたい。そう思う理由を訊《き》かれると説明が長くなるので「名探偵がいた方が楽しいから」ということにしておこう。だから、これからもシリーズものを書いていくつもりだ。

そういう姿勢は作家として怠慢だ、という見解にもある程度は同意するが、シリーズものを面白く書き続けるにはそれなりの技術が必要だし、その話をそうやってシリーズに落とし込むか、と読者が感心する作品もありうる。いいキャラクターとは、物語を引きつける力の強いキャラクターである、という見方も成立するのではないか。

とはいえ、シリーズ・キャラクターを起用したとたんに書けなくなる物語、面白さが減じる物語も当然あるわけで、そんなプロットを思いついた場合は、シリーズものに仕立てるのを潔く諦《あきら》めた方がいい。それを実践したのが、本書に収められた作品である。

この十二編を一冊の短編集にまとめるのに八年を要した。その後も前述の方針に則《のっと》り、シリーズ・キャラクターを使わず、テーマもタッチも勝手気ままで、連作にもなっていない短編をぽつりぽつりと発表している。ある日、気がついたらそれらが一冊分溜《た》まっていて、再びごった煮の短編集が作れたらいいな、と思う。そして、本書をお読みくださった皆さんに、その本も手に取っていただけたら幸せだ。

かねてより『ジュリエットの悲鳴』が好きだとおっしゃっていた福井《ふくい》健太《けんた》さんに解説を、いつも心地よく期待を裏切ってくれる大路《おおじ》浩実《ひろみ》さんに装丁をお引き受けいただいた。感謝いたします。

そして、文庫化にあたり、最後の磨きをかけてくださった角川書店・書籍事業部の宮脇《みやわき》眞子《しんこ》さんに謝意を表して擱筆《かくひつ》します。

2001・7・23

有栖川有栖

解説

福井健太

有栖川有栖の作品集『ジュリエットの悲鳴』は、一九九八年四月に単行本として刊行された後、二〇〇〇年七月にジョイ・ノベルスの一冊として再刊された（いずれも実業之日本社）。角川文庫版は三度目のリリースということになる。一九九〇年から一九九八年までに発表された短編とショートショートのうち、シリーズキャラクターの登場しない十二編が収められており、なんとも〈ごった煮感〉の強い短編集だけれど——この〈ごった煮感〉というやつは結構クセモノだったりする。シリーズキャラクターを使った小説を書く場合、どうしても作品の傾向は制約されがちだが、ノンシリーズであれば題材を自由に選ぶことができる。だから〈ごった煮〉に投入されているのは、題材のほうが「書かれることを作者に要請した」結果として生み出された作品群なのだ。作り手の多彩な持ち味を一度に楽しめるという点で、これが贅沢《ぜいたく》な〈料理〉であることは間違いないだろう。

収録作の内容に関しては、もちろん現物を読んでもらうのが一番なのだが——解説を先に読む人のために——ごく大雑把な内容を紹介しておくことにしよう。

冒頭に収録されている『落とし穴』は、意外な〈落とし穴〉によって殺人犯の計画が破《は》綻《たん》するプロセスを描いた倒叙ミステリ。破綻の原因は（極めて確率の低い）偶然から生じるもので、いわゆる謎《なぞ》解きの興味は薄く、不運な男の姿を描いたブラックユーモア物と見なすのが妥当かもしれない。これは想像に過ぎないけれど、動機の設定やプロットの展開は鮎川哲也の影響下にあるのではないだろうか。二種類の有名なトリックを絡めた『裏切る眼』は、長年のミステリマニアでもある著者らしい〈既成トリックの組み合わせ〉が生かされた好編。これも狭義の本格ミステリではなく、身動きが取れなくなっていく主人公の描写に主眼が置かれているようだ。

インターミッションとして挿入されている『遠い出張』『多々良探偵の失策』『幸運の女神』の三編は、モバイル機器の広告（の一部）として雑誌に載ったもので、初出時には読者から結末を募集するという企画も行われていた。各話の登場人物（個人名は一つずつしか出てこない）の頭文字を繋《つな》ぐとスポンサー名になる——という遊びが仕込まれているので、スポンサーが何処《どこ》だったのかはすぐに解るだろう。

列車内での毒殺トリックを扱った『危険な席』もまた、トリックを暴くだけで終わるタイプの作品ではなく、真相（と思われる仮説）によって不穏なムードを醸し出すことに成功している。セイヤーズや多岐川恭の短編を思わせる心理サスペンスの佳作だ。『パテオ』は〈トワイライトゾーン〉や〈世にも奇妙な物語〉系のストーリーで、天啓を待つ小説家のイメージをシニカルに描いているのが興味深い。著者の最高傑作という呼び声も高い（？）怪作『登竜門が多すぎる』は、ミステリネタのギャグが詰め込まれた爆笑モノの一編。同系列の作品には『作家漫才』(『Pontoon』二〇〇一年二月号) などがあるので、ギャグ作家・有栖川有栖の記念すべき〈デビュー作〉といえるかもしれない。ミステリ業界絡みのグッズを売るセールスマンという設定は、東野圭吾の短編『超読書機械殺人事件』(新潮社刊『超・殺人事件』に収録) とも共通しているので、両者を読み比べてみるのもまた一興だろう。

意外なオチが用意された『世紀のアリバイ』では、まさに〈史上初〉の大胆なアリバイトリックが活用されている。ショートショートのお手本のような好編である。異星人が住む土星の第六惑星を舞台にした『タイタンの殺人』は、犯人当ての趣向が盛り込まれたSFミステリ。決して難しい問題ではないので、犯人当ての基本を知るうえでも格好のテキストではないだろうか。

そして『夜汽車は走る』——これは本書の収録作だけではなく、著者の全短編中でも一、二を争うほどの傑作にほかならない。夜汽車に揺られながら語り手が回想する断片的なストーリー、それらに込められた謎と解明、そこから浮かび上がる語り手の半生……この叙情性と謎解きの融合ぶりは、まさしく有栖川有栖の真骨頂といえるだろう。本書の表題作となるべく書かれた『ジュリエットの悲鳴』では、ロックスターがインタビュアーに語った思い出話がストーリーの中心になっており、CDから女性の悲鳴が聴こえるという状況が——ミステリ的な合理性によってではなく——悲劇のムードを介して説明されている。狭義のミステリには入らないかもしれないが、短編集の末尾を飾るにふさわしい余韻を持つ良作である。

＊　＊　＊

以上、全十二作を駆け足で見てきたわけだが――全体を通じていえるのは、主人公が追い詰められていく心理サスペンス、ノスタルジックな回想スタイル、ナンセンスなギャグ、SF的な設定など、シリーズ物では扱いにくい（シリーズの枠に還元させることで、その効果が減じられてしまう）ストーリーが多いことだろう。自由に題材を選べるノンシリーズ作品において、シリーズ向けではない題材ばかりが使われているのは、著者の芸風の多彩さのみならず、その〈題材を振り分けるセンス〉の確かさの証明でもある。これは短編に限ったことではなく、ノンシリーズ長編の『幻想運河』や『幽霊刑事』にも同じことがいえる。有栖川有栖という作家を知るうえでは、持ち味の多彩さだけではなく、題材の使いどころを把握しているという事実にも目を向けるべきなのだ。

初めから枠が用意されているぶん、シリーズ物には〈書き手が話を作りやすい〉〈読者が作品世界に入りやすい〉などのメリットがあるが、内容の密度に拘《かかわ》らず作品が成立してしまう危険性があるのもまた事実。極端な話、シリーズキャラクターが出てくるだけでも作品にはなり得るし、そのほうがノンシリーズの力作よりも〈商品〉としては有力だったりする。そういった状況から考えても、シリーズの制約なしに生み出された――著者の嗜《し》好《こう》性が発揮された――〈シリーズ向けではないアイデア〉を（正しく）ノンシリーズの形で提示した作品が貴重なのは明らかだろう。料理人の腕を信頼しているのなら、たまには〈いつものランチ〉ではなく、何が入っているのかも解らない〈シェフのきまぐれメニュー〉を頼みたくなるのが人情というものだ。

人気シリーズの書き手であれば、シリーズ作品を要請されることが多いのは自然なことだし、それ自体は決して悪いことではない。肝心なのは（著者にとっては）ネタの使い分けであり、さらに（読者にとっては）多彩な作品を楽しもうとする貪欲《どんよく》さだろう。江神二郎&有栖川有栖コンビ、火村英生&有栖川有栖コンビなどは登場しないけれど、そのチャンネルでは見られない著者の魅力が本書には溢《あふ》れている。著者のファンはもちろん、キャラクターのファンを自認する人々にも強くお勧めしたい一冊なのである。

〈初出一覧〉

落とし穴　『週刊小説』'93年10月15日号
裏切る眼　『週刊小説』'94年9月30日号
遠い出張　『TOKYO1週間』'97年11月25日号
危険な席　『週刊小説』'97年7月25日号
パテオ　『週刊小説』'97年2月21日号
多々良探偵の失策　『TOKYO1週間』'97年12月9日号
登竜門が多すぎる　『鮎川哲也と十三の謎』'90年
世紀のアリバイ　『小説新潮』'96年12月号
タイタンの殺人　『小説推理』'92年2月号
幸運の女神　『TOKYO1週間』'97年12月23日号
夜汽車は走る　『週刊小説』'95年1月20日号
ジュリエットの悲鳴　『週刊小説』'98年1月9日号

本書は1998年４月に実業之日本社より単行本として刊行され、その後2000年７月同社のジョイ・ノベルスシリーズに収録されたものを文庫化したものです。

JASRAC（出）0108188-101

ジュリエットの悲鳴《ひめい》

有栖川有栖《ありすがわありす》

角川文庫 12082

平成十三年八月二十五日　初版発行

発行者――角川歴彦

発行所――株式会社角川書店

東京都千代田区富士見二―十三―三

電話　編集部(〇三)三二三八―八五五五

　　　営業部(〇三)三二三八―八五二一

〒一〇二―八一七七

振替〇〇一三〇―九―一九五二〇八

印刷・製本――e―Bookマニュファクチュアリング

装幀者――杉浦康平

あ 26-4　　ISBN4-04-191305-5　C0193

角川文庫発刊に際して

角川源義

第二次世界大戦の敗北は、軍事力の敗北であった以上に、私たちの若い文化力の敗退であった。私たちの文化が戦争に対して如何に無力であり、単なるあだ花に過ぎなかったかを、私たちは身を以て体験し痛感した。西洋近代文化の摂取にとって、明治以後八十年の歳月は決して短かすぎたとは言えない。にもかかわらず、近代文化の伝統を確立し、自由な批判と柔軟な良識に富む文化層として自らを形成することに私たちは失敗して来た。そしてこれは、各層への文化の普及滲透を任務とする出版人の責任でもあった。

一九四五年以来、私たちは再び振出しに戻り、第一歩から踏み出すことを余儀なくされた。これは大きな不幸ではあるが、反面、これまでの混沌・未熟・歪曲の中にあった我が国の文化に秩序と確たる基礎を齎らすためには絶好の機会でもある。角川書店は、このような祖国の文化的危機にあたり、微力をも顧みず再建の礎石たるべき抱負と決意とをもって出発したが、ここに創立以来の念願を果すべく角川文庫を発刊する。これまで刊行されたあらゆる全集叢書文庫類の長所と短所とを検討し、古今東西の不朽の典籍を、良心的編集のもとに、廉価に、そして書架にふさわしい美本として、多くのひとびとに提供しようとする。しかし私たちは徒らに百科全書的な知識のジレッタントを作ることを目的とせず、あくまで祖国の文化に秩序と再建への道を示し、この文庫を角川書店の栄ある事業として、今後永久に継続発展せしめ、学芸と教養との殿堂として大成せんことを期したい。多くの読書子の愛情ある忠言と支持とによって、この希望と抱負とを完遂せしめられんことを願う。

一九四九年五月三日

角川文庫ベストセラー

密室殺人事件
ミステリー・アンソロジー
阿刀田高・折原一
栗本薫・黒崎緑
清水義範・法月綸太郎
羽場博行・連城三紀彦

それぞれの思惑を胸に秘め、犯罪者達は完璧なまでのトリックを構築していく。八つの密閉空間に仕掛けられた極上のトリックを八人の作家が描く。

北村薫の本格ミステリ・ライブラリー
北村薫 編

北村薫が贈る本格ミステリの数々！ 名作クリスチアナ・ブランド「ジェミニ・クリケット事件（アメリカ版）」などあなたの知らない物語がここに！

覆面作家は二人いる
北村 薫

姓は《覆面》、名は《作家》。二つの顔を持つ新人作家が日常に潜む謎を鮮やかに解き明かす——弱冠19歳のお嬢様名探偵、誕生！

覆面作家の愛の歌
北村 薫

きっかけは、春のお菓子。梅雨入り時のスナップ写真。そして新年のシェークスピア…。三つの季節の、三つの謎を解く、天国的美貌のお嬢様探偵。

覆面作家の夢の家
北村 薫

「覆面作家」こと新妻千秋さんは、実は数々の謎を解いてきたお嬢様探偵。今回はドールハウスで起きた小さな殺人に秘められた謎に取り組むが…!?

金田一耕助の新たな挑戦
亜木冬彦、姉小路祐
五十嵐均、霞 流一
斎藤 澪、柴田よしき
服部まゆみ、羽場博行
藤村耕造

横溝正史が生んだ日本を代表する名探偵《金田一耕助》が、歴代の横溝賞作家によってよみがえる！ 入門書としても役立つベストアンソロジー。

消えた男
阿刀田 高

都会の薄闇にいざなわれ、さまざまな男と女が織りなす嘘、夢、罪。心の迷宮に見え隠れする、ひそやかな殺意を鮮やかに描いたミステリー小説集。